通往青藏高原的道路

THE PATHS LED UP
THE QINGHAI-XIZANG PLATERU

墨白 —————— 著

河南文艺出版社
· 郑州 ·

图书在版编目（CIP）数据

通往青藏高原的道路／墨白著. --郑州:河南文艺出版社,2024.9

ISBN 978-7-5559-1604-8

Ⅰ.①通… Ⅱ.①墨… Ⅲ.①游记-作品集-中国-当代 Ⅳ.①I267.4

中国国家版本馆 CIP 数据核字(2024)第 091583 号

选题策划	张　娟
责任编辑	张　娟
责任校对	殷现堂
书籍设计	刘婉君

出版发行	河南文艺出版社
社　　址	郑州市郑东新区祥盛街 27 号 C 座 5 楼
承印单位	河南瑞之光印刷股份有限公司
经销单位	新华书店
开　　本	890 毫米 × 1240 毫米　1/32
印　　张	8.875
字　　数	205 000
版　　次	2024 年 9 月第 1 版
印　　次	2024 年 9 月第 1 次印刷
定　　价	69.00 元

印厂地址　河南省武陟县产业集聚区东区(詹店镇)泰安路

邮政编码　454950　　电话　0371-63956290

>>> **墨白**

河南淮阳人，中国当代作家。1984年开始在《收获》《人民文学》《十月》等刊发表先锋小说，创作有长篇小说《梦游症患者》《映在镜子里的时光》《来访的陌生人》"欲望三部曲"等；中篇小说《幽玄之门》等四十余篇；短篇小说《失踪》等百余篇；散文、随笔《梦中之梦》等百余篇。出版小说集《爱情的面孔》《重访锦城》《光荣院》《告密者》等多部。有作品被译成英文、俄文、日文、蒙文或收入多种选本。

目录 CONTENTS

音乐唤醒的旅程
——关于音乐与小说的通信

三江源的野生动物
——一位野生动物摄影家的讲述

洛克的目光

关于约瑟夫·洛克

说到探险家洛克,让我想起了墨桅。墨桅就是为了诗云书社的生存给开封市委书记写信的赵中森先生,二十五年前我们曾经在同期的《花城》杂志发表中篇小说。赵先生前天给我打电话说,5 号我飞昆明,所以 6 号你到开封就不能相见了。中森先生同 1922 年从美国来中国的探险家洛克一样,去了云南。

以往,我也曾经有过几次在云南的行走经历。2003 年,我受中国电视剧制作中心和楚雄市文化局的邀请来到云南,目的是创作一部以云南为背景的电视连续剧。那次我从昆明开始往楚雄走。在楚雄我走访了很多地方:彝族村寨、金沙江畔、元谋猿人遗址,还有张艺谋在《千里走单骑》里做外景的土林。接着是大理,然后沿着当年洛克走过的路线,再从大理往北到丽江和中甸。中甸就是现在的香格里拉,香格里拉是因为英国小说家詹姆斯·希尔顿的一部以滇北为背景的小说《消失的地平线》而得名。

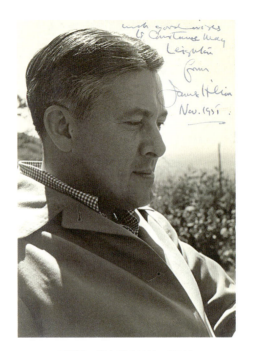

詹姆斯·希尔顿（1900—1954）

　　由于这次我没有到达在《消失的地平线》里描述的靠近西藏的德钦境内的梅里雪山，所以在 2006 年的秋季，我再次来到了横断山脉的三江并流地区。这一年的晚些时候，帕慕克获得了诺贝尔文学奖。我们都知道，帕慕克在《我的名字叫红》里写了一个细密画家的亡灵，这让我想起洛克在《中国西南古纳西王国》里详细记录的纳西族的象形文字。纳西族象形文字与细密绘画，在文化的本质上有相通的地方。如果帕慕克拥有洛克的这些经历，那么他一定会以神秘的纳西族象形文字，写一部不亚于《我的名字叫红》的小说。要知道，洛克在中国共收集了大约八千册用纳西象形文字抄写的东巴经书。

在洛克的晚年,为了能使其专著出版,他不得不先后把数千卷东巴经书卖给欧美的一些图书馆。这些传奇故事,如果给了博尔赫斯,他起码会写出一篇类似《小径分岔的花园》的小说。我们知道,洛克在中国西南断断续续生活的二十七年,正是中国社会最为动荡的年代,从1922年到1949年,就是闭上眼睛我们都能想到当时的中国在经历着什么,更何况洛克所生活的地方是充满神秘气息的滇北地区,可是洛克成了一个植物学家、人类学家

纳西族象形文字

图片来源:哈佛大学燕京图书馆

昆明滇池边巨大的蓝桉
摄影:墨白,2017 年 4 月 8 日

和一个成功的探险家,却不是像詹姆斯·希尔顿那样成为一个小说家。要知道,希尔顿就是根据洛克所写的关于滇北的报道,才写出《消失的地平线》的。这就是我今天由洛克延伸而来的话题:在拥有了丰富的人生经历和切肤的生活感受之后,怎样才能成为一个小说家。

　　2006 年的秋天,我从德钦沿着落差近两千米的盘山公路来到澜沧江边后,先沿着澜沧江往南去了茨中。在藏语里,茨中是"大村庄"的意思,村子的居民分属藏、纳西和汉等七个民族,当然,茨中是因一座法国传教士在1909 年修建的教堂而闻名的。为了排解孤独、寄托思乡的情怀,那个传教士从故乡引进了一种名叫"玫瑰蜜"的葡萄,同时在教堂的后院栽了一棵月桂树和一棵蓝桉。树的主人已经在多年前离开了人间,而两棵树却仍然活得枝叶茂盛,现在,那棵蓝桉要由四个人才能合抱。

蓝桉所属的桉树种类约有六百种,在三江并流地区湛蓝的天空下,随处可见的长得细长的蓝桉,给我留下了深刻的印象。在百度百科上可查到:桉树可以用来造纸,从蓝桉中提炼出来的液体具有药用价值,可用于预防流行性感冒、流行性脑脊髓膜炎,能治疗上呼吸道感染和咽喉、支气管、肺、肾、肠等各种器官的炎症,同时还有治疗外伤和皮肤疾病的作用,是清凉油的主要原料。但桉树的生长需要大量的水资源,大面积种植会使地下水位下降、土壤保水能力降低,结果导致土地板结,因此有些地方禁止种植桉树。

　　在茨中村子附近的梯田里种满了玫瑰蜜,这种在法国本土已经绝迹的葡萄却在中国偏僻的深山里生长良好。这里的老百姓从传教士那里学会了栽种葡萄和酿酒的技术,村里的家家户户都有制作葡萄酒的器具。当然,我的茨中之行不属梅里雪山外转经和内转经的路线。《指南经》中的《内圣地广志》里指明了内转线路上的各种圣迹,内转路途总长约一百公里:由白转经

澜沧江右岸的茨中天主教堂

德钦飞来寺
摄影：墨白，2016 年 3 月 19 日

堂出发,经德钦县城,再行八公里到飞来寺,然后经过澜
沧江边上的柏树庙。

柏树庙前的那棵巨大的柏树据说是卡瓦格博曾经使
用过的手杖,源自民间的神话传说总是充满了丰富的幻
想。拜过飘动着经幡的柏树庙之后过澜沧江大桥,经永
宗村、过西当热水塘和雨崩村到雨崩神瀑,再从雨崩神瀑
转回来前往明永冰川至莲花寺,最后返回德钦县城,需要
四至六天时间。关于行走在梅里雪山朝圣路途中的那些
虔诚的朝拜者的故事,洛克在《中国西南古纳西王国》里
都有记载。

约瑟夫·洛克,1884 年 1 月 3 日出生在奥地利的维

澜沧江边柏树庙前巨大的柏树，据说是卡瓦格博
曾经使用过的手杖
摄影:墨白,2016 年 3 月 20 日

也纳,六岁那年他母亲去世,因此洛克成了一个性格内向的少年。洛克的父
亲是位性格苛峻的男仆,他希望自己的儿子未来能成为一个受人尊敬的牧
师。然而少年的洛克总是幻想着去旅行,为此,他十三岁开始自学汉语。在
大学预科毕业后,洛克不顾父亲的反对,逃离了维也纳去欧洲漫游,一路上他
靠做各种卑下的工作来维持生计。1905 年的某一天,洛克与一家邮轮签约,

受雇成为一名船员,在二十岁那年被一艘邮轮带到了纽约。

来到纽约,洛克的第一份工作是洗盘子,在后来的日子里他历尽艰辛。1907 年,洛克不顾大海潮湿的空气会加重他的结核病,依旧乘船到了夏威夷。在那里,他展现出了令人吃惊的才能,已经掌握了包括汉语与阿拉伯语在内的十种语言。洛克在一所中学找到了一份教授拉丁语和自然史的工作。出于对其所教自然史的责任心,洛克曾去调查夏威夷的动植物群落。有一天,他根据一个信息大摇大摆地走进美国国家农业部林业处的办公室,声称

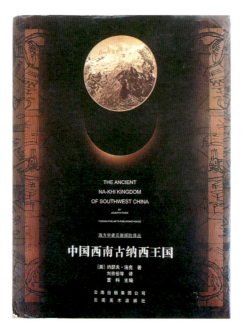

《中国西南古纳西王国》,[美]约瑟夫·洛克
著、刘宗岳等译

云南美术出版社 1999 年版

约瑟夫 · 洛克（1884—1962）

自己是一个植物学家,接着他对大为诧异的官员说:你们这个处应该出一本植物标本集,然后洛克建议由他本人来完成这项工作。不知什么原因,居然没有人认真检查他的证件就采纳了他的建议,他因此得到了一小笔经费,从此开始了不起的人生征途。在接下来的几年中,洛克出版了五部专著,成了夏威夷植物学研究领域里公认的权威。

1922 年 2 月,洛克受美国农业部派遣,来中国云南寻找抗病毒的栗子树种。后来,他服务于美国国家地理协会和美国哈佛大学植物研究所,到 1949 年,洛克先后六次来到中国,到过云南、四川、青海和甘肃等地,他以植物学家的身份进行植物和飞禽的标本采集,以地理学家的身份进行地理测量与摄影,我曾经看过他拍摄的三江并流地区有关雪山、河流与当地不同民族生活的照片,应该说他还是一位摄影家,可是我没见有人给他这个荣誉。洛克考察的成果是显著的,仅1928年4月至9月,他从丽江经泸沽湖地区到四川的木里,深入贡嘎山岭腹地,再返回丽江,此行就采集了几千种植物标本,七千多种飞禽标本,拍摄了二百四十幅在当时最昂贵的天然彩色照片和五百零三幅黑白照片。

　　1923年的某一天,洛克目睹了纳西族的东巴使用驱魔的方式给一个病妇治病的过程,对纳西族的人文历史产生了兴趣,开始研究纳西族和土司的历史以及东巴文化和象形文字,并取得非凡的成就,这就是后来人们称他为人类学家和语言学家的缘由。从1935年至1945年,他历时十年完成了研究纳西族历史的书稿,出版了几本关于东巴教仪式的书,并将研究成果一起编

丽江木氏土司衙门大门石牌坊。 约瑟夫·洛克摄,1922年
图片来源:哈佛大学燕京图书馆

雪嵩村的纳西族农妇。 约瑟夫·洛克摄，1922 年
图片来源:哈佛大学燕京图书馆

入他内容丰富的绝世之作《纳西——英语百科词典》。在他的关于纳西族的历史著作里,洛克以《云南通志》《南诏野史》《丽江府志略》《华阳国志》《澄江府志》《嘉庆一统志》等众多的汉语志书和《木氏宦谱》为蓝本厘清了纳西族的历史,而最为珍贵的是洛克详细地记录了以丽江为中心的滇北地区的地理概貌。

　　洛克的记录事无巨细,大至每个山脉和地段的海拔与形态,小到一条道路的状况,道路两边生长的庄稼、树木、植被,比如用来编织草帽的灯芯草,还有行走在这条道路上运盐的驮运队、用背架背着烧柴或家具的农民和他们怀里抱着的家禽,一条溪流里的水流和溪流上的小桥、溪流边被土匪张结巴烧毁的村庄,哪怕只有两户人家的村庄也会被他记上名字,更不用说镇子里的房屋、学校、客栈、文庙、寺院、牌坊等,就连荒野里的坟墓、棺材使用板材的厚度,他都有记录。

今年刚刚过去的 3 月间,在一个阳光很好的上午,我来到了玉龙雪山扇子陡下面的玉湖村,也就是洛克所记载的雪嵩村。由此往北,就是 2003 年我曾经越过白水河到过的玉龙雪山东麓的云杉坪。云杉坪是追求婚姻自由而不得的纳西族人的殉情地,这些洛克都有记述。当年,洛克在滇北的活动是以玉湖村为中心来展开的。村里至今还保留着洛克当年的故居,管理洛克故居的是一位名叫和正元的老人,洛克当年租居的就是他们和家的老屋。

约瑟夫·洛克(左二)在雪嵩村故居前

图片来源:哈佛大学燕京图书馆

从雪嵩村洛克故居看到的玉龙雪山
摄影：墨白，2016 年 3 月 15 日

和先生当年曾经在保山服役，他的战友中有三个河南人，其中一个是开封的，这完全是巧合。和先生的记忆很好，他还能迅速地说出他战友的名字，还说他开封的战友姓金，祖上是犹太人。这是另外的话题，说起这事，怕是要上溯到北宋徽宗年间。那天，我因此与和先生亲近了许多。

　　玉湖村里的村民现在自己开发了一条旅游线路，从村里骑马越过山脚的开阔地，然后穿越通往雪山的树林，就像当年洛克那样，前来观光的游客被送到玉龙雪山扇子陡下面海拔接近四千米的草坪上。当然，行程完全和你出的费用挂钩，如果你乐意，作为向导的村民可以把你送到更接近雪山的地方。村里的居民家家都养有马，所有马匹都编了号，脖子里挂着一个黄铜铃铛。每天上午，村民们会自动地把喂饱的马匹赶到景区固定的马圈里，在散发着马粪的气息里等待着管理人员分发来自各地持着不同口音的游客。那天我们的向导一个姓李，纳西族，由于紫外线的缘故，脸膛紫里透红，纷乱的头发里隐藏着由凌厉的山风吹来的尘埃，因此他的皮肤显得干燥，他的肤色大致可以当作村里上了岁数的男

从雪嵩村看到的玉龙雪山
摄影：墨白，2016 年 3 月 15 日

女的标本。李向导让我喊他大哥,其实他是 1957 年的人,比我还小一岁。李大哥的马匹名叫拉红,和我们一起的另外一匹马名叫小莉,从名字上你就能分辨出这两匹马的雌雄。小莉的主人姓侯,是个五十岁左右的妇女,她娘家在从这里向东百里之外当年洛克到达过的泸沽湖往南的宁蒗。在我们离开村庄之前,李大哥陪我去村道边的小店里买午餐,他精明并成功地暗示我给他买了一盒云烟,还有两瓶康师傅冰红茶。在我们沿着村路的坡道往上走时,我的眼前就不时地晃动着当年洛克在村里走动的身影,洛克曾经所处的那个时代和见证者都已逐渐地消失。在我所见到的洛克的图片里有三张是关于雪嵩村的:第一张是玉龙雪山下的村舍,我无法在村路上找到图片上那棵树;第二张图片上站着一个已婚和两个未婚的女子;第三张是一个怀抱娃娃的头戴毡帽的纳西族的男子。这些图片的拍摄时间均在 20 世纪 30 年代,图片上的那些人只有那个怀抱里的男孩有可能尚在。时光如白驹过隙,你不能不为一个远离的时代从内心生出无限的感慨,因为最终,我们也将会成为这些过客的追随者。试想,当时间再往后推移一个世纪,我们拿什么来和那些像我们一样来到玉湖村的后来者对话?我们远不如洛克。那天,在路过李大哥家时,我主动提出要去他家看一看。

李大哥的家像他的皮肤一样也可以用来当作纳西民居的标本:坐北三间老屋由他们老两口居住,三间西屋是他的大儿子居住,三间南屋是他刚完婚的小儿子的新房。李大哥希望我能出面把他这接近四合院的老屋租去,像现在有一些从内地过来的投资者那样,直接将之改建成接待游人的客栈。这话是他内心的真实表露,我能从迎面吹来的隐藏了冰雪气息的山风里感受到他话语里的迫切,那个在上山时一直拉着马尾巴赶路的纳西人在心里暗暗地盘

墨白和向导李大哥（右），李大哥的父亲当年曾给洛克做过向导
摄影:江媛,2016 年 3 月 15 日

算着他的未来。我们像当年的马帮一样在凌厉的山风里沿着崎岖的山路逐渐接近我们将要到达的地方,李大哥说,当年,洛克也曾经沿着这条路逐渐接近玉龙雪山,那个给洛克当向导的人,就是他的父亲,作为向导,他父亲还曾经随同洛克到过更远的中甸和德钦。

　　在这里,即使是现在,洛克也是一个家喻户晓的人物。我想,在常年吹拂的山风里,那个白人洛克的皮肤会变成什么模样呢? 虽然洛克身边有一位常年的纳西族卫士为其服务,有时还有一队中国士兵护卫,但他仍然置身于自然和人类两者对他造成的危险之中:反常的春季暴风、无路可走的陡峭山峰、可疑的部落人、携带病原体的壁虱和跳蚤。这个生性倔强而骨子里不乏浪漫的欧洲人,哪怕是在艰难的日子里,他仍然过着不失绅士风度的生活。只要有条件,哪怕是在旅途的荒野中,他用餐时也要铺上豹皮地毯,然后安放一张桌子和几把椅子,桌面上铺着亚麻桌布和银质餐具,他甚至还教会了他的厨师烧几个地道的奥地利菜。有时候,他吩咐侍从用轿子把他抬进陌生的城镇以显示个人的重要地位,许多围观的民众以为他是一位来自外国的王子。在过去的时光里,洛克目睹了中国西南地区不同民族的日常生活,在宁蒗,他目睹了被抢的男子、妇女、儿童被卖做奴隶,目睹了那里的土司和官员买卖枪支。有一次他还目睹了一个麻风病患者被活埋的过程。

在中国断断续续生活了二十七年的洛克,目睹或听说过许多让我感到震惊的事件,有着许多非凡的人生经历和对生命切肤的感受,可是洛克为什么就没有成为一

高原上的云
摄影:墨白 2016 年 3 月 19 日,德钦

个小说家呢？现在我们来探讨一个问题：如果作为一个小说家，洛克缺少什么呢？也就是，有哪些东西应该引起小说家洛克的关注呢？很显然，作为一个小说家，洛克起码有三个方面是缺乏的：①缺少寻找小说灵魂的能力，②缺少结构故事的能力，③缺少再现小说人物所处的特定环境中的日常生活场景的能力。

寻找小说的灵魂

　　我们以纳西文化中的几个元素为例。先说东巴纸。东巴纸最初是指用来抄写东巴经书的纸张,有些像粗糙的宣纸。据说东巴纸的制造源于唐朝,但至少在二百年前,纳西族地区已经普遍使用一种瑞香科荛花属灌木的茎皮的木质纤维作为生产东巴纸的原料。东巴纸呈象牙色,耐磨、厚实、防虫蛀,所抄经文的东巴纸由于在有火塘的房屋里翻阅被烟熏,时间长了会变成古铜色。

　　在丽江古城新华街的科贡坊附近的一个院落里,我曾经拜访过一家东巴纸的生产作坊。在那里,我同一个姓和的造纸师傅成了朋友,并前前后后观看过他造纸的过程。和师傅先将采集过来的构树(也就是我们所说的楮树)皮捶去外皮,再将之放进一口大铁锅里蒸煮、漂洗,舂成纸浆,在放入木槽搅拌的同时加入仙人掌稀糊用来增加黏性,然后捞浆滤水在贴板上晾晒,最后按照自己需要的大小,水平叠压,一张东巴纸就做成了。东巴纸是中国所有

丽江古城里的石板路。 约瑟夫·洛克摄，1922 年

图片来源:哈佛大学燕京图书馆

的手工纸中最厚的,能双面书写。因为荛花有微毒,所以东巴纸具有抗虫、抗蛀、保存时间长的特性,它甚至可保存长达八百年至一千年。和师傅还给我讲过用来写东巴文的墨的制作过程。写东巴文用的墨和我们使用的炭黑、松烟、胶等这些原料不太相同,纳西人制墨使用的是烟炱和动物胆汁,再加一定比例的白酒。据和师傅说,这样的墨写的字流畅醒目,保存期长。说了这么多的造纸和制墨的工序,我们仍然没有找到小说需要的材料。下面我们来说说和师傅的姓。和姓在纳西族里是普通百姓的姓氏。和字可以分解为一撇、一木、一口。在土司的姓氏"木"字上写一撇,就变为"禾"字,意思是谷物,再加一个"口"字,变为"和"字,当地农民解释"和"字的意思是供养木家的口,口就是嘴巴。在纳西族中,姓和的大多是外地来丽江居住的人。很多外地人因为惧怕纳西土司,把自己原来的姓隐藏起来,改成姓和,使旁人相信他们是

正在演出的纳西古乐
摄影:墨白,2016 年 3 月 13 日

丽江的土著,因为他们害怕会被驱逐出境或被压迫。

　　这样,小说的灵魂来了,改变姓氏这样一个事件,承载着人物的命运和精神。在这里,如果我们选择一个造纸匠和制墨匠为一部小说的题材的话,那么再现一个人因为恐惧而改变自己姓氏的过程,才是这部小说的核心,才是这部小说的灵魂,是小说家之所以选造纸或者制墨的小说题材的源头,在洛克看来重要的造纸和制墨的过程,在小说家这里都成了再现人精神困境的背景材料。

　　再说纳西音乐。2003 年的春季,我在曾经丽江古城和玉龙雪山下的玉水寨欣赏过东巴舞和白沙细乐。东巴舞和白沙细乐的源头是东巴教的祭祀与丧葬。东巴教是在藏族苯教的影响下发展起来的信仰万物有灵的原始多神宗教。"东巴"就是祭司,意译为智者。这些智者知识渊博、能画、能歌、能舞,具备天文、地理、农牧、医药、礼仪等方面的知识。东巴舞从内容及形式上可分为五种类型:一是神舞,二是鸟兽虫舞,三是器物舞,四是战争舞,五是踢脚舞。东巴舞反映的是纳西族历史上随畜迁徙、与鸟兽为邻的原始生活,是纳西族精神文化的一种反映。东巴舞蹈素材来源民间,在各种祭祀的时候舞蹈,由于没有脱离日常生活,东巴舞具有很浓的民间性。

2006 年,我在丽江的时候,有幸认识了藏裔纳西族民族音乐家宣科。1930 年出生的宣科早年毕业于教会学校,是一个有着传奇人生的人物。1957 年宣科遭受无妄之灾,被关进了监狱,但是因为音乐,后来长达二十一年的牢狱生活并没有击垮他,在回归现实生活之后,他依然生机勃勃、精神焕

从丽江前往香格里拉途中看到的金沙江
摄影:江媛,2016 年 3 月 18 日

金沙江上的铁索桥。 约瑟夫·洛克摄，1922 年

图片来源:哈佛大学燕京图书馆

发,从他的身上丝毫看不出一个曾经的囚徒的沮丧。他潜心发掘和研究纳西古乐与白沙细乐,在纳西古乐被世人认知的同时,宣科也获得了世界性的声名。纳西古乐源于汉族的洞经音乐和皇经音乐,相传为宋乐,这就和我们开封又有了关系。在传到丽江之前宋乐由汉族经文配唱,后来逐步融合了纳西民族音乐的格调,淡化了乐曲原有的清秀、典雅的丝竹乐风,混入了粗犷的滇西民族乐风。纳西古乐是宣科先生收集整理的,他还组织优秀的民间艺人进行演出,将之推向世界。

　　白沙细乐是纳西族民间的安魂曲,它是与江南丝竹、西安鼓乐、新疆木卡姆齐名的中国四大著名乐种之一。白沙细乐忧伤哀怨,悱恻缠绵,风格柔婉,主要由《笃》《一封书》《三思吉》《阿丽哩格吉拍》《美命吾》《跺磋》《抗磋》《幕布》八个乐章组成。同其他民族的丧葬一样,纳西族的丧葬也有一套固定不变的仪式规范。纳西族家中若有人去世，会将一个白纸糊的灯笼悬挂在大门前，表示家中要办丧事，这在白沙细乐里为"悬白"。这天的下午在死者灵前进献供品时乐队要演奏《笃》，之后要朗诵祭文，乐队则奏《一封书》。当亲友纷纷前来凭吊时乐队演奏《笃》。每两天为"正祭"，是丧事中最为重要的一天。开始"奠主"时乐队演奏《公主哭》。在接下来的仪式中，乐队奏《一封书》。在亡者的子女们哭灵之际，乐队则演奏《笃》。下午，亲友们坐在一起，聆听白沙细乐，乐队会将《笃》《一封书》《三思吉》《阿丽哩格吉拍》连缀一起进行演奏来寄托对亡者的哀思。到了晚上表演者面对灵台站成横排齐唱《挽歌》，随后表演者手持松毛围绕桌子表演《弓箭舞》和《赤脚舞》，如此不断反复。按纳西族的风俗，如果死者是男性要跳九次，如果死者是女性则只跳七次。第三天出殡时其演奏曲目为《笃》和《一封书》，从中我们可寻找到源自商周时期汉文化对此的影响。宣科先生有一个著名的论点，他说，东巴舞和白沙细乐源于先民对不理解的生命现象的恐惧感。如果要以小说的形式再现东巴舞和白沙细乐，那么，宣科的这个论点就是这部小说的灵魂。有了这个灵魂，会使写在用东巴纸做成的乐谱里的每一个音符都活起来。今年3月，我在丽江再次观看了纳西古乐的演出，在横笛、竖笛、芦管、二簧、三弦、琵琶、筝、瑟、云锣、摇铃、大鼓、唢呐构成的动人心魄的乐声里，我享受了一曲又一曲《浪淘沙》《一江风》《山羊坡》《水龙吟》《步步娇》《到春来》……那些曾经失传的唐宋曲牌的演奏。因为有了宣科先生所赋予的先民的恐惧感的观点，在我的感觉里，所有参与演出的老者的表演都是那样生动。遗憾的是，这次我没有在舞台上见到八十六岁高龄的宣科先生，听说他因身体的不适住进了医院。

关于结构故事的能力

　　我还接着说和师傅。那次我在和师傅的引见下,还认识了一位姓陈的雕刻东巴文的老师傅。陈师傅雕刻东巴文的木板的制作方式和我们朱仙镇年画使用的木板不一样。2015 年的最后一天,我和刘涛教授、诗人江媛一起在朱仙镇的西街,见到了一位同样姓陈的版画雕刻家。朱仙镇的陈师傅使用的雕版和丽江的陈师傅使用的雕版原料相同,都是梨木。但是他们处理雕版的方式却不同。朱仙镇的陈师傅在雕刻前先用植物油涂在木板表面,涂一遍晾干再涂,要涂四遍,自然晾干后,再用鼎沸的热水冲洗。而刻东巴文的陈师傅则把锯成方形的梨木或者桦木板在水池里沤上一年,然后再煮透烘干、刨平推光。云南的陈师傅说这样雕刻时不容易走刀,还防裂和虫蛀,能保存上千年也不会变形和腐烂。这都是常识,不足为奇。我在洛克的《中国西南古纳西王国》一书里看到过这样的记载:在丽江土司归化之前,土著的头人有占有任何一个新娘初夜的权力,这个新娘必须陪头人过三天才能回到她合法的

丽江城里的建筑
摄影：墨白，2016 年 3 月 12 日

新婚丈夫身边。这样一个压迫得人喘不过气来的情节，被洛克简短地记录下来，然而在我们小说家这里就变得重要起来：那个被头人霸占了初夜的新娘的丈夫，是一个雕刻东巴经书的艺人。这样一来，一部以雕刻东巴经书的艺人为主人翁，以初夜权为中心议题，就成了一部短篇小说或者一部中篇小说，

甚至一部长篇小说的框架,权力的压榨、精神的压抑、生存的痛苦、人格的不平等、生命的无尊严将随之构成这部小说的主题。

在丽江,我还拜访过一个铜匠和一个银匠。铜匠姓李,纳西族。丽江周边偏远地方的纳西族人先前都没有自己的姓氏,2003 年我第一次到丽江给我开车的那个曾经走过婚的来自泸沽湖的师傅,他的姓氏是 1949 年前后进驻丽江的工作队给的。李师傅的门面在古城新义街百岁坊附近,他制作的铜壶、铜碗、铜锅、铜瓢、铜铲、铜锣、铜茶盘、铜锁,还有马脖子上的铃铛等都是一些日常生活得上的。李师傅让我难忘的是他使用锤子敲打器皿的姿势,真的优美,从那锤子下发出的声音如果舒伯特在场听了,他一定能谱出浪漫的曲子来;如果凡·高在场,他一定能画出一幅传世之作。相比较,银器的制作比铜器的制作要复杂细腻得多。我在丽江认识的银匠侯师傅并不是本地人,他来自大理,白族人。在洛克的著作里,白族被称为民家人,他们是金齿族的分支。因为白夷有用金子包住两个门齿的习俗,所以称金齿族。纳西人称民家人为二哥,称藏族为大哥。我认识侯师傅那一年他四十六岁,同李大哥一样比我小一岁,现在算来也小六十的人了。侯师傅从小在火塘边和敲打声中长大,九岁给父亲当帮手,十二岁正式学习银饰制作技艺。他对银饰制作的纹样、图案、造型都有着特殊的想法。为了欣赏他制作银饰的过程,我特意购买了他的一件银器。侯师傅也给我面子,我的那件银器他是让我亲眼看着完成的,从选料开始,接下来的熔化、锻打,后来的打磨、雕刻、焊接、清洗,每个工序都精益求精。特别是焊接,侯师傅说,焊接最重要的是掌握好火候,火候过大,会造成某个局部被熔化掉,那样前期的制作就功亏一篑了;如果火候过小,则焊接不牢靠,容易被损坏。而且手也不能抖,靠的是手力和眼力。

香格里拉松赞林寺外的道路

摄影：墨白，2016 年 3 月 17 日

还有雕刻，凭的是手上的感觉。用力过大，容易将银片錾通；力道不够，又不能将纹理的层次感凸显。这番操作真是让我大开了眼界。这些，如果写进《陈州笔记》里，都会成为再现人物命运的背景，要成为一篇让人惊叹的小说，就要有一个像纳西族土著头人拥有新婚女人初夜权一样承载人生命运的故事来做小说的结构，如果没有这样一个再现人物命运和精神的事件做结构，对任何器具制作过程的描写，都只能算是一篇散文或者随笔。

在刚刚过去的 3 月中旬，我从丽江乘车来到了香格里拉，在松赞林寺，我看到了有许多黑色的鹰鹫围绕着寺院的建筑盘旋，在通往寺院高处的长长的台阶上，我听到一个年轻的藏族导游在给他的游客讲述就在前两天发生在松赞林寺的一次天葬仪式。就在那儿,年轻的导游指着寺院前面的沼泽地说,看到了吗,那个小山丘上的木架,就是天葬台。我的爷爷就曾经是一位天葬师,年轻的导游说……

1944 年,洛克因病痛的折磨,决定离开云南,由于他对喜马拉雅及滇川

香格里拉松赞林寺的白塔
摄影:墨白,2016 年 3 月 17 日

洛克采集的鸟类标本。 约瑟夫·洛克摄
图片来源:哈佛大学燕京图书馆

山脉的熟悉,美军请他到华盛顿参与绘制一个号称"驼峰航线"的地图的工作,他们许诺随后将洛克在丽江所有学术资料包括他那部《纳西——英语百科词典》的书稿用船运来,然而,一枚日本鱼雷击中了装载洛克所有家当的军舰。洛克在得到这个消息后几乎崩溃了,他曾很认真地考虑过自杀,他说他绝不可能凭记忆重新写出失去的著作。所幸,1944 年年底,洛克得到了哈佛大学植物研究所的资助,于 1946 年 9 月又重返丽江,洛克除忍受面部神经痛的折磨外,还要面对中国内战引起的通货膨胀、中国政府机构的官僚作风和各地土匪的趁火打劫,除去一次短暂的旅程:因不能咀嚼固体食物到波士顿做的一次外科手术外,洛克在丽江一住又是三年,在一位知识渊博的东巴老师的帮助下,他完成了学术著作《纳西——英语百科词典》。如果把这样一个丰富的人生经历交给博尔赫斯,他也一定会选择寻找一个能呈现其灵魂的事件来作为叙事的载体。现在我们来看他以第一次世界大战为背景的小说《小径分岔的花园》,还有我们前面说到过的帕慕克的《我的名字叫红》,才能领会到,一部小说的结构多么重要。

艺术的真实性

这是我们今天讨论的最后一个问题。我把这个问题理解为一个小说家再现小说人物所处的特定环境中日常生活场景的能力。

艺术的真实，是每一个小说家都要认真面对的问题，如果艺术的真实性达不到，无论你的小说有多大的社会性，那都是白说，因为读者对你的叙事不信任。小说的艺术真实也就是小说的叙事真实，叙事的真实性根植于日常生活细节的真实，一部小说的情节都是可以虚构的，但小说的细节和情景都是要真实的，要符合生活的情理和原理。

在刚刚过去的 3 月，我从香格里拉乘车来到了德钦，我想重温 2006 年的经历，可是由于时间有限，我只能从飞来寺包车下到我思念的澜沧江边去看一看。开车的师傅是个中年藏族人，他有一个很地道的藏族名字：此里定主。此里定主一边在陡峭的山路上开车一边嘴里念着"唵嘛呢叭咪吽"的六字真言，末了我和他聊起了二十五年前那次著名的登山事件。我说，扎西你认识

梅里雪山下的澜沧江
摄影:墨白,2016 年 3 月 21 日

吗？他说,认识呀。我说,2006 年我去雨崩神瀑,他做过我的导游。哦,此里定主说,是吗？他现在开客车,从德钦到香格里拉。这个消息使我兴奋:我还有可能再次见到我曾经的朋友。随后我又说,斯那次里你认识吗？此里定主迟疑了一下说,你说的登山那个？我说是。此里定主说,认识,认识,他是德钦县城的,他是我哥的同学。我看了看身边那个脸膛紫红的藏族汉子,竟一时无语。

　　1990 年初冬,中日联合登山队来到了梅里雪山的卡瓦格博峰下,并做好

从香格里拉前往德钦途中看到的白马雪山
摄影：墨白，2016 年 3 月 18 日

充分的准备，登顶日期定在 1991 年 1 月 1 日。然而，1991 年元旦这一天，暴雪突至，天地一片迷茫，三号营地被死死封住。登顶日期不得不再往后推延。张俊是中方的组织者，每隔三天，他都会在三号营地和大本营之间往返一次。1991 年元旦，张俊下山后就被大雪困在了大本营。1 月 4 日一早，张俊醒来后，感到四周有一种出奇的安静，他像往常一样打开了对讲机。半小时过去了，对讲机的那头仍然异常安静。一夜之间，十七名队员和三号营地奇迹般消失了，没有留下任何痕迹，这十七名队员中就包括我刚才和此里定主说到的斯那次里。在登山队出发那天，斯那次里曾面向盼望已久的卡瓦格博峰禁不住

喊了出来："啊，这么美，从来没见过这么漂亮的山，我都不想回去了。"没想到他真的永远留在了神山，那年他二十六岁。

斯那次里年过七旬的母亲时常坐在门口，远远地望着卡瓦格博峰，嘴里重复着一句话："他从来没有不听我的话，只是那次登山我叫他不要去，他没有听，一去就再也不能回来。"这就是我们人类的宿命，我们最终都会像斯那次里一样，一去再也不回。可是，面对洁白的神山，他由衷地喊出了我们每一个人的心声："啊，这么美！"对现实生活与自我生命的热爱，正是我们在世的每一个人获得超越现实力量的源泉。

自那七年之后，十七名遇难者陆续重新出现在卡瓦格博峰下的明永冰川。又过了三年，也就是 2000 年，在德钦由德钦县政府出面，邀请了相当多的专家一起开了一个会，这是我们国家第一次就一座山，就如何保护一座山的文化传统开的一次大会。虽然与会专家争论很激烈，但最终所有人都一致通过

手绘的梅里雪山地图

清晨从德钦方向看到的梅里雪山
摄影:江媛,2016 年 3 月 21 日

并签署了一个宣言,其中一条就是永远不让人再来攀登卡瓦格博峰。

又过了六年,也就是 2006 年的秋季,我来到了德钦,来朝觐以卡瓦格博峰为中心的梅里雪山。我在导游扎西的带领下,从飞来寺一直下到澜沧江边的尼宗村,叩拜那里的石锁,按照藏民的说法,在那里获得了朝觐神山的钥匙;然后我准备翻越海拔四千米的南争拉山,到雨崩神瀑去沐浴神瀑的圣水。

梅里雪山有十三峰,卡瓦格博峰是其中海拔最高的一座,处于世界闻名的"三江并流"地区,海拔 6740 米,为云南第一峰,是人世间最为美丽而神圣的雪山,这座圣洁的"处女峰"是中国东部藏区远近闻名的藏传佛教朝觐圣地,每年有数十万滇、藏、川、青、甘等地乃至尼泊尔等国的信徒前往朝山转经。当地藏民只要有闲暇总是会来走一走转经路线,转经已经成为他们生活的一部分,到了羊年,也就是卡瓦格博的"本命年",走这条转经路线的人能达到十万人。向至高无上的尊师顶礼,虹光交射的地界,南部察瓦岗厄旺法台之上,雄踞绒赞山神卡瓦格博……①这首《被赞颂的道路》出自噶玛拔希的《绒赞山神卡瓦格博颂》。1268 年的一天,卡瓦格博雪山脚下,年过六旬的藏传佛教噶玛噶举派领袖噶玛拔希身穿喇嘛僧袍,在崎岖山路上顶风冒雪艰难前行。在距今近七百五十年前的一个季节里,噶玛拔希所完成的艰辛转山之路,基本上成了后来的卡瓦格博的朝山《指南经》中的《外圣地广志》里规定的外转经路线,按此线路朝山,需顺时针绕整座梅里雪山一圈,路途总长约二百五十公里,需要八至十六天时间,大致是由现在澜沧江畔的永久村开始,过多亚拉垭口、永希通,翻过多格拉卡等山口,到达西藏的左贡和察隅,随后在怒江流域翻越数座大山垭口返回云南,再由梅里水沿澜沧江回到梅里雪山脚下。沿途要翻过七座高山,跨越澜沧江、怒江两条大江以及察隅河,途中有多处坎坷与美景共存的无人区。随着转经之路的深入,缅茨姆、加瓦仁安、卡瓦让达等雪峰不再遥远,冰川、峡谷、森林、草甸、湖泊、清泉一一从云中秘境呈现。

而我跟随扎西所走的则是前面我已经说过的内转经。第一天晚上,我住在了尼宗村扎西的姑妈的家,扎西的姑父是村里的村主任。那天村主任不在家,家里只有姑妈、两个从甘孜来修行的尼姑和一个不知来处的穿藏红长衫的僧侣,两个尼姑刚外转经回来,正在村主任家休整。扎西的姑妈为人忠厚,

①　颂词开头的"察瓦岗",在藏族古代地理中指澜沧江与怒江间的滇藏交界地区,包括西藏察隅、左贡以及云南德钦等一大片区域。"厄旺"是佛经中"空性真如"的藏语音译。"绒赞卡瓦格博"在当地藏族传统中,既指梅里雪山的主峰,也是对其周围群峰的合称,其中,"绒"意为河谷;"赞"指藏族神话的赞神,多住在山上,后成为山神的代称;"卡瓦格博"意为白色雪山。

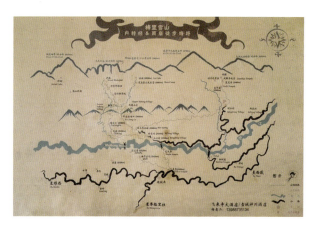

梅里雪山内转经，去雨崩（瀑布）徒步路线图

她没有太多的话语就去准备晚饭了。在这段时间里，我去村里闲转，在村主任家的路边上，我看到有一家六口人正在那里搭帐篷，一问才知他们是从四川来的朝圣者，尽管在他们的身后就是无边的山野，可是他们做起事来仍然悄无声息，仿佛唯恐惊醒了在远处俯视着他们的山神。那天一直到吃晚饭的时候，村主任才从外边风尘仆仆地回来，同时来的还有三个陌生人，那三人一看就是从远处来的朝圣者。村主任是一个非常开朗的人，汉话也讲得好，吃过饭后，他吩咐扎西安排客人们去休息，一转眼，他就不见了。大家做事的时候，都是那样的悄无声息，好像心里都有一种不可言说的虔诚，在灰暗的灯光里，一切都显得很神秘。等我在扎西的带领下来到阁楼上，在暗淡的光线里，看到村主任正坐着打坐。大家都没敢说话，悄悄地在安排的地方睡下了，同时睡下的还有那三个陌生人，众人不论男女睡在靠墙的一排。

我一觉醒来，听到有低声的吟唱声传过来，在晨曦里看到村主任仍然在打坐,他的腰间围着一条被子,他已经在那里坐了一夜了。诵经声是坐在他对面的那两个身披红袈裟的尼姑发出的,在朦胧的晨曦里,他们就像一组雕像。我轻轻地起身,发现睡在我身边的扎西已经不见了,我悄悄地下楼来到院里,扎西的姑妈已经起来了,她正在煨桑。一声早安过后,她告诉我扎西已经起早赶回去了。我走出村主任家,看到昨天扎在那里的帐篷已经没有了,那家来朝圣的四川人也已经上路了,他们住过的地方连张纸片也没有留下。

吃过早饭,村主任告诉我,进冰川的两个向导已经定

从香格里拉前往德钦途中看到的白马雪山
摄影:墨白,2016 年 3 月 18 日

下了，我们要的马也都准备好了。临上路的时候，我才知道两个向导之一就是村主任本人。我们这群朝觐者，彼此完全陌生，我们没有相互询问对方来自哪里，仿佛在我们心中，由于神圣的目标，世俗的言行已经被我们唾弃。在进入冰川之后，我们不时看到有一些藏族同胞进入高原森林，村主任告诉我们，那些人都是进山去拾松茸的。在山口一处壮观的飘扬着经幡的玛尼堆面前，大家停下来休息，两个磕长头的朝圣者从我们的视线里出现了，他们用身体一步一步地丈量着这神圣的高原，一步一步地走向我们，他们旁若无人，表情是那样虔诚。村主任说这些朝觐者有的从很远很远的地方来，短的几个月，长的要走上两三年，不管夏日炎炎还是冰天雪地，磕长头已经构成了他们生命中最为重要的生活内容。

　　第一天晚上，我们住在热水塘。热水塘是这一带有名的高原温泉，而且当地政府在那里建有很简陋的招待所。夜里，有两个陌生的朝圣者过来问我们借火，村主任把饭锅都一同借给了他们，吃过饭，那两个朝圣者就在我们不远处的地方宿营。夜晚突然变得宁静起来，谁也没有说话，风从不远处的森林里发出经久不息的奔跑声，我们头顶上的星星越来越明亮了。我们仿佛来到了另外一个世界上，大家很快就都入睡了。第二天等我们醒来的时候，那两个陌生人已经走得不见了踪影，在还给我们的锅盖上，放着一块奶渣饼和一小袋盐。村主任说，像这样的转山人，他们带的东西肯定不是太多。我说，那他们为什么还要留东西给我们呢？村主任说，因为他们借了我们的火和锅。大家看着放在那里被阳光照耀着的奶渣饼和盐，都被陌生人的真诚感动了。

　　那天我们到了雨崩神瀑，村主任和向导找来煨桑的树叶，来到煨桑台前，开始煨桑。桑烟升起，村主任口里默诵着经文，开始绕着插着风马旗的玛尼

洛克在云南旅行时拍摄的马帮和石头牌楼　约瑟夫·洛克摄
图片来源:哈佛大学燕京图书馆

堆转,大家也都跟上了他转经的脚步。三匝过后,村主任和向导又统一行动,脱下一层上衣,顺着石阶走下去沐浴瀑布,我们几个也学着他们的样子走近神瀑。眨眼之间,一线之水变成雾般膨胀起来,村主任他们拉开距离,贴着岩壁在水雾里奔跑,他们开始围着神瀑转,一边转一边喊叫着,我们也被感动了,跟着喊起来。这个时候,所有的人都忘记了自身的烦恼,我们和自然融为了一体,我们成了我们自己。

这些人生经历,就是一部小说能够达到真实所需要的基石。对一个小说家来说,我在前面说过的那个孤独法国传教士、我的向导李大哥、洛克故居的管理者、造纸的和师傅、雕刻木版画的陈师傅、铜匠李师傅、银匠侯师傅、那个年轻的导游和他做了天葬师的爷爷、藏族司机此里定主、登山队员斯那次里和他的母亲、我的向导扎西和村主任姑父、陌生的僧人与朝圣者，当然，还有洛克，他们所有人，在我们寻找到一部小说的灵魂和结构之后，是上述的这些人使我们的小说叙事有了依靠和方向感，那些我们曾经拥有的真切的生活经历和对生命的切肤的感受，突然变得珍贵和重要起来。

天果洛、
地果洛

写在前面

　　在这个世界上,不知道有多少人对青藏高原心怀向往。

　　在神秘与充满魔力的高原,到了夜里你常常会在倍感压抑的梦境中醒来,再也没法入睡,像有一只巨大无形的手抓住你的头发不停地往上揪,你的头皮会跟着一下一下地紧跳。早起吃饭时,食物一直在喉咙边打转,就是难以下咽。或许,在那一刻很多初来乍到的人,都会像我一样因这高原反应而产生尽快离开这里的念头。后来,在很长的一段时间里,我一直被一个问题困扰着:在这植物不及牦牛腹部的黄河谷地,在这不长庄稼只生牧草的高原,在这遍布鼠害与包虫病菌的果洛草原,那些被强烈的紫外线熏染了面孔的藏民同胞,是依靠什么一代又一代地生存下来的呢?

　　在我离开之后,每当耳边响起《青藏高原》的旋律,因那我无法企及的雪原一样洁净的神山,因那我生命里永无遏止的江河源泉,因那我无法做到的用身体丈量出的信仰与精神,我常常会忍不住泪湿眼眶。那时我才明白,自

在黄河岸边行走的两匹马
摄影：江媛，2019 年 5 月 2 日

从踏上高原的那一刻起，我的心就再也没有和它分离，也就是在这一刻，我才真正明白了"敬畏"这两个汉字所包含的意义。

前往岗纳格玛措的途中

今天,2019 年 5 月 3 日,我们一早从达日县城出发,再次逆黄河而上,重返距县城八十公里的特合土乡,然后前往玛多县境内黄河右岸位于三江源保护区内的岗纳格玛措。

我们沿着乡村公路往上走,视野之内,看不到一棵树,不是没有,因为海拔到了四千一百米,这里压根不生长树;这里藏族同胞的生活依靠草与禾:高山蒿草、藏蒿草、喜马拉雅蒿草、毛状叶蒿草、矮蒿草、沙生苔草、紫花苜苜草、垂穗披碱草、垂穗鹅冠草、羊茅、异针茅、藏异燕麦、高原早熟禾等。在起伏的灰黄色山峦下,公路左侧是山麓草滩,右侧的黄河滩里生长着一些不及膝深的金露梅灌木丛,草甸上最高的是一排约有军人使用的茶缸口粗细的电线杆,偶尔一只大鵟扇动着翅膀从山坡那边飞过来,落在电线杆上,注视着身下的草甸,机警地寻找着食物。

达日境内的天然草地以高寒草甸为主,植株低矮亦是鼠类活动最适宜地

岗纳格玛措上空的飞鸟
摄影:墨白,2019 年 5 月 3 日

区。图登华旦一边开车一边给我们科普:鼠类对草地的
危害主要有三个方面:一是啃食牧草与畜争粮;二是挖洞
破坏草地;三是挖洞造丘,影响土壤肥力。鼠害严重的地
方水分蒸发量大,草地上会形成大面积的秃斑,会在草原
上形成裸地,会导致地表疏松、土质变劣,从而生长一些
牲畜不喜欢食用的杂草或毒草。夏秋季的时候,尚能看
到一点绿色,到了冬季,这种土地被牲畜一践踏,加上风
蚀、冻蚀,就会成为不毛之地的"黑土滩"。达日县的鼠
虫害面积有十万多亩,我们今天要去的特合土乡,还有去
年我们去过的德昂乡……图登华旦伸手指了一下我们公

路右边的黄河说,还有属于吉迈镇的黄河滩地,都是鼠害的重灾区。

我们同车的新华社记者何自力问,有灭鼠计划吗?图登华旦说,灭鼠年年都在进行,但草滩面积太大,加上鼠类繁殖力强,鼠害总是不断。还有一个问题是,我们这个鼠你还真不能都灭掉,因它并不是真正老鼠,而是属于兔形目鼠兔科鼠兔属动物,是兔子的近亲,所以我们称它为高原鼠兔,它的个头可比老鼠大多了。高原鼠兔的天敌非常多,比如棕熊、猞猁、艾虎、狼、赤狐、藏狐、狗獾等,

位于黄河源区的岗纳格玛措
摄影:墨白,2019 年 5 月 3 日

高原鼠兔是这些野生动物的食物,像刚才我们看到的大鵟,还有草原雕、苍鹰、猎隼、红隼这样的猛禽,也都是高原鼠兔的天敌。果洛的高山兀鹫是目前国内体积最大的猛禽,它的翅膀伸开有两米多长。其实,高原鼠兔这个东西有时也特别好玩,我们平常看到的多是黄色的,但我也拍到过白色的,也拍到过一只黑色的;我在德昂乡碰到过一个老乡,他说他家草场里有一只黑色的高原鼠兔,我就想去碰碰运气,嗨,还真让我给拍到了。为什么有白色和黑色的鼠兔?不是变异,就是有病,变异的东西不可能长久。

说起这些,图登华旦如数家珍。我知道,图登华旦在国内摄影界是以拍摄三江源地区的野生动物与飞禽而著名的。在途中,我们还说起了包虫病。果洛州是个自然灾害频繁发生的地区:1987年3月至4月,达日县连降七场大雪,全县死亡牲畜8.3万余只;1988年2月至3月,甘德、达日两县和玛沁西部四乡遭受严重雪灾,造成交通中断,群众被困,死亡成畜89902头(只)、崽畜84756头(只),仅达日县沦为无畜户的就有124户,少畜户797户;1990年3月至4月,达日、玛沁、甘德、班玛连降大雪,因灾死亡成畜11.12万余头(只);1991年2月,玛沁、甘德、达日等地区遭受雪灾,大量牲畜因冻饿而死,100多人患雪盲、50多人被冻伤;1993年1月7日,果洛全境普降大雪,气温持续在零下36℃至零下40℃,全州有30多个乡遭灾,7250万亩草场被覆盖,53000人受困,死亡牲畜60万头(只),经济损失7300万元。① 除去雪灾还有地震,夏季的洪灾、冰雹、大风,还有我们刚刚说过的鼠害与包虫病。图登华旦告诉我们,包虫病主因是人吃了生水,包虫病人和人之间不传染,主要是动

---

① 参见《果洛藏族自治州志》,果洛藏族自治州地方志编纂委员会编,民族出版社2001年9月版,第54~60页。

物和环境、人的卫生常识问题。特合土乡曾经是包虫病的重灾区,以前曾经有七户人家因包虫病而绝迹。包虫病怕高温,不怕冷,冬天伏在冻土里,第二年挖出来还活着,寄生在人体里是小虫子、囊肿。现在好多了,地方政府和国家非常重视,做宣传,不吃生水。

图登华旦说,其实,在扶贫方面,不是现在,国家很早就着手了。在 1991年,达日县先后在窝赛、吉迈、莫坝乡组织无畜户 57 户、264 人分别组建三个扶贫联社;在全县范围内组织少畜户 123 户 681 人分别组建 15 个扶贫联组;1995 年 5 月,果洛州成立了扶贫开发局,内设扶贫项目管理科、乡镇企业管理科;1985 年至 1995 年国家给班玛、达日拨贷扶贫资金 1.1 亿元,主要用于草原基本建设,包括灭鼠、治理"黑土滩"和畜种改良;帮助贫困户购买适龄母畜,提供农药、兽药、化肥和种子;修建护田坝、吊桥、人畜道路和饮水工程、羊浴池及微型水电站、敬老院;扶持贫困户经商搞运输,架设民用输电线路,等等。

听图登华旦说话,感觉他对这个地区特别熟悉,后来我们才知道,原来他在 2015 年至 2017 年曾经在特合土乡任过脱贫攻坚第一书记。也是昨天,在特合土乡,图登华旦请到了说唱艺人关确丹增为我们演唱《格萨尔》,我们还因他见到了从特合土寺来村里讲经的拉多堪布。

拉多堪布

　　拉多于 1969 年 4 月 17 日出生在特合土乡一个牧民家中,他的少年是在黄河边度过的。他喜欢在黄河滩上玩耍,拾好看的石头,初夏里他喜欢生长在雪山草甸之间开着黄色花朵的绿绒蒿,他也特别害怕冬季里那种像雾一样飘过来的寒流。拉多告诉我,那寒流会在片刻之间让最强壮的牦牛倒地。到了初春,黄河里的冰凌开始融化,一条鱼的尾巴已经在流水中摇摆,而前面的鱼头可能还被困冻在冰块里;夜间,他躺在房间里就能听到流水声从远处的河道里隐隐约约传过来。向往远方的拉多在十七岁那年离开家乡,步行半个月前往四川甘孜州色达县闻名于世的五明佛学院①去求学。

　　白色云朵被风吹动着,风中的五彩经幡在山顶的垭口猎猎作响,那就是通往五明佛学院的道路。路只有一条,仿佛一种暗示。1986 年春天的一个

----

　　①　色达喇荣五明佛学院, 位于四川甘孜州色达县境县城东南方约二十公里处, 海拔三千六百米。

图登华旦（站立者右二）、拉多堪布（右三）与特合土乡村民们
在一起
摄影：江媛，2019年5月3日

午后，拉多从挺立着六个白塔的地方拐弯，又翻过一座山，然后驻足眺望，他
看到远处的山顶上有一个巨大的"坛城"在阳光下映射出金色的光芒。在后
来的十五年间，他在修密宗课程之前已经逐次修完了皈依、发菩提心、忏悔、
献曼达、上师瑜伽五个加行；在遍布着几千幢红色藏式木头僧房的山坡上，在
那氧气稀薄的高原，那些身着藏红僧衣、头戴红帽的觉母与喇嘛，在晨光与晚
霞映照着的山道上走动，在他们的头顶上，是无尽的深蓝色天空。在五明佛
学院的日子里，拉多还时常在晚间去大经堂里参加辩经法会，他在那里厘清
思路，遣除疑难。经过严格的答辩之后，他最终获得了堪布的称号。

2001年，有了讲经说法资格的拉多堪布回到了家乡，他喜欢飞到这里的
黑颈鹤，成群的藏野驴，他对家乡的蓝天和白云特别着迷。拉多堪布告诉我，
特合土寺建成于19世纪中叶，至今已有一百多年的历史。

拉多堪布（左）与墨白

摄影：图登华旦，2019 年 5 月 3 日，达日县吉迈乡

后来我才知道，那天给我们做翻译的图登华旦和拉多竟然是表兄弟；也是那天，图登华旦还建议让年轻的副乡长特智和驻村干事旦正陪同我们，去拜访已经退休在家的副乡长达依老人。

达依老人

今年七十七岁的达依老人 1998 年被牧民推选为副乡长,在副乡长任上,他一直干到 2004 年退休。达依老人跟我们讲起了果洛草原建政之后的历史,从 1958 年左右的合作社与人民公社,说到改革开放。他对今天的生活很有感触。达依老人说,在他一生的经历当中,眼下脱贫攻坚工作开展以后的政治、经济、社会治安,都像盛夏的草原一样好,但同时他也有一种担心。老人说,我们的子子孙孙,往后还能遇到国家扶贫这种事吗? 国家能这样一直把我们的子孙养下去吗? 是不错,因为三江源保护区的政策,因为国家的脱贫致富政策,我们村里的每个贫困户都会分配到一个草原管护员,或者生态公益林管护员,或者湿地管护员的岗位,国家每月给这些管护员发一千八百元的工资;我们现在是有了稳定的住所,吃穿有保证,教育和医疗也有保证。可是,我们并没有从根本上改变牧区传统的生产方式,没有一种外来的,能够带来持续经济增长的产业来改变我们的生存现状。

特合土乡的达依老人
摄影：江媛，2019 年 5 月 3 日

  像达依老人这样的担忧并不仅仅他有，在和当地干部、村民的接触中，有人也表达了这方面的心声：脱贫攻坚工作结束了怎么办？现在村里的年轻人在完成了九年义务教育之后，回到村里都是好吃懒做，生活是等、靠、要：等国家政策，等着扶贫，依靠政府。是不错，我们省、州、县，包括乡里也都有脱贫计划，可我们这儿一条沟一两户人家，你把他们集中起来做别的事情也不现实，我们这个地方的特点就是游牧，你不能种水稻吧？你不能种大棚吧？也不可能建企业，只能是养牛养羊，对吧？这里只生长牧草，只有在牧业上想办法，让牲畜多出栏。牲畜不出栏牧民怎么会富呢？青海省内藏区像海北、海西、海南那边，牲畜出栏率高，牧民都富得很，他们的孩子都到城里去住，雇工帮他们在家乡放牧，当然这样也不好，慢慢牧民的身份就变了。越往康藏这边来，像果洛的达日、玛多、班玛，老百姓的思想越守旧。政府提倡出栏，一是出栏可以改变牧民的生活，二是草场也承受不了太多的牲畜，牲畜多了影响生态平衡。政

府一直在强调牲畜出栏,可到了老百姓那里,他们口头上也说好好好,可是旧有的宗教观念还是拦着他们,宗教要他们不杀生,这是一对矛盾。达日县境内没有一家有规模的乳制品加工厂,只有一处规模较大的扶贫产业园区有生产藏香、藏服、民族手工制品等的加工业,可这些产品在本地还卖不出去,外地谁要? 这不是长久的方法,我们要从根本上解决问题,就得改变旧有的思想观念,从加大生态保护和环境治理扩大草场载畜方面下手,要有自己切合实际的产业规划,要振兴以适合游牧民族的畜牧为主的支柱产业,这才是长久之计。

昨天我们从达依老人家出来时,正遇到成群结队的村民围着经房在转经;而昨天中午我们赶到特合土乡政府时,且正他们已经给我们备好了午餐:糌粑、酸奶、酥油茶;当然,还有牦牛肉。图登华旦说,你也知道,牦牛是我们放牧的主要牛种,牦牛占牧区牛总数的百分之九十七,但我们这个地方的牦牛肉却很贵。为什么? 因为果洛地区念佛的藏民不杀生,牦牛不出栏,他们自己吃的牦牛肉还要掏钱买,所以贵。图登华旦一边说一边把小碗里的青稞面冲上酥油茶用手指搅成一团,然后看着我说,这样吃下去,能缓解你的高原反应。在这里,海拔 4150 米的高原上,当头皮发紧的时候,我常常会忽视一些事情,比如放在餐桌上的食物。对我们来说,它们确实十分新鲜,但同时我也注意到,因为土地上不能种植,这里的水果与蔬菜真的稀缺。我相信图登华旦对我所说的每一句话。尽管那一刻因高原反应我很是艰难才把食物咽下去,但我也注意到了盛放在小碟子里蓝色的作料。

蓝色的作料,你见过吗? 图登华旦告诉我,那是葱花,蓝色的葱花。藏族同胞要先把蓝色的葱花晾干,然后剁碎加盐。因那蓝色的作料,我想起了这天上午在前往特合土乡的路途中,我们在黄河边遇到的挑水的兰措。

陌生的兰措

　　在行驶的越野车里,我们远远地看到,有一个藏女挑着水桶沿着山坡上的小路走下来,她就是我下面要说的兰措。兰措要穿过我们来的那条从县城通往特合土乡的公路,到她家黄河边的水井里去挑水。我们停下车,尾随兰措到她打水的水井边,兰措站在她家用三角铁焊成的水井架前探腰用力提出一只湖蓝色的水桶,然后把水桶里的水倒入身边的一只橘黄色的水桶里。注意到了吗?是湖蓝色的水桶,是橘黄色的水桶。这使我想起我在拉萨哲蚌寺和色拉寺里看到的被刷成彩色的建筑,我发现,在这单调的高原,牧民们特别喜欢鲜艳的色彩,白色的墙壁,红色的屋顶,还有兰措身上的服饰。我们一边看她劳作一边和她交谈,当然,还是图登华旦给我们做翻译。

　　兰措现在跟哥哥一家人生活在一起。兰措的嫂嫂已经不在人世,哥哥有两个儿子,大的二十一岁,小的十七岁。兰措还有一个十一岁的侄女,侄女现在在特合土乡的寄宿学校上学。今天哥哥不在家,他一早就骑马翻过他家后面那个草黄色的山坡,不知到哪位朋友家串门了。兰措说她家现在有四十多头牦牛。图登华旦告诉我们,这家虽然算不上贫困户,但也接近了。我们同行的诗人江媛询问说,你桶里的水能不能喝?兰措告诉她,不能喝。喝这样的生水,很容易得包虫病。还有牛肉,也不能生着吃。如果想喝水……兰措说着腾出手来朝山坡上指了一下说,可以去我家喝烧开的水,这样,就不会得包虫病。

我能感受到兰措话语里所蕴含的善良。在阳光下,我注意到了兰措那因被强烈的河风过度侵蚀的皮肤和干裂的手背,也注意到了她那因被强烈的紫外线揉搓而变得粗糙的面颊。兰措用一只水桶从水井里提水,再倒入身后的水桶里。她在我们这些陌生人的注目下,似乎有些仓促地挑起两只橘黄色的水桶,沿着来时的小路匆匆往草黄色山坡上的家走去。那一刻,我突然意识

从黄河里挑水的兰措
摄影:江媛,2019 年 5 月 3 日

到我们已经干扰了她的正常生活。也是那一刻，有一个词突然从我的脑海里跳了出来，这个词就是"独孤"。但后来我意识到，这个词并不适合兰措。沿黄河而居的兰措，站在她家的山坡前，遥看她家门前的那条公路顺着黄河左边伸进无边的天际线，往右看，仍然是伸进无边的天际线，她就这样日复一日、年复一年地生活；每天，我们在或者不在的时候，她都会挑着水桶把那条映射着太阳光芒的在宽阔的谷地里流淌的黄河抛在身后，还有河对岸更远处的一重又一重的山峦，还有在山峦之上深蓝色的天空和一朵又一朵飘浮着的白云。

　　以前，我并不知道在这世界上，在这黄河的岸边，有一个藏族女子和她哥哥的一家人生活在一起，因此，我也无法知晓兰措的日常生活，无法了解藏女兰措的人生。但我知道，那常年从黄河河道里吹来的风，一定会在她的耳边发出呼呼的声响。我立在黄河的岸边，泪眼模糊地看着身着藏袍的兰措挑着两只橘黄色的水桶吃力地沿着山坡上的小路往回走，那草黄色的山坡下就是她的家：白色的墙壁和红色的房顶，还有房前那辆红色的轿车。我看到有一只鹰，在兰措头顶的天空飞翔，那些在风中移动着的白色云朵，迈着匆忙的脚步路过她家后面那群淡黄色的山峦，还有散布在草黄色山坡上的牦牛。我知道，在山外，在黄河的对岸更远的地方，就是阿尼玛卿神山。但我不知道兰措是否去过那里，还有比那儿更远的地方；但我清楚地知道，她的一生，都身处我日夜向往的辽阔的青藏高原。

唐蕃与党项古道

直到 2018 年 9 月往果洛之前,在重温"世界屋脊"这一概念时,我才弄明白青藏高原占了我们祖国约九百六十万平方公里陆地总面积的近四分之一。

在以往的岁月里,这最基本的常识被我所忽视:四分之一,什么概念呢? 我国几乎有二百四十万平方公里的国土面积都在海拔三千米以上,这里分布着不同的高原、谷地、湖泊与盆地。这里是三江源,还是像怒江(入缅甸后称萨尔温江)、森格藏布河(流出国境后称印度河)、雅鲁藏布江(流出国境后称布拉马普特拉河)以及塔里木河这些流向东、西、南、北不同方向亚洲长河的发源地;高原周围大山环绕,这些多为西北—东南走向的山脉,仅西南的喜马拉雅山就有十座山峰超过八千米①,与

---

① 分别为位于中国与尼泊尔边界的珠穆朗玛峰(岩面高度海拔 8848.86 米)、洛子峰(海拔 8516 米)、马卡鲁峰(海拔 8463 米)、卓奥友峰(海拔 8201 米);位于尼泊尔境内的道拉吉里峰(海拔 8172 米)、马纳斯卢专峰(海拔 8156 米)、安那布尔纳峰(海拔 8091米);位于尼泊尔和印度边界的干城章嘉峰(海拔 8586 米);位于喜马拉雅山脉西段巴控克什米尔地区的南伽峰(海拔 8125 米)和位于西藏聂拉木县境内的希夏邦马峰(海拔 8027 米)。

此并排的喀喇昆仑山有四座山峰海拔超过八千米①，此外还有冈底斯山、念青唐古拉山、唐古拉山与横断山脉；高原北部是阿尔金山、祁连山；东西横贯高原的是位于中北部的昆仑山，到了高原东部青海果洛境内分出的巴颜喀拉山②与阿尼玛卿山③，就像一个巨人的两条腿，站立在青藏高原上；在两山之间的高原谷地，就是我们中华文明的母亲河——黄河的源头。这片神秘的、让无数人向往的果洛达日草原，就是我们这次行程的终点。

2018年9月18日上午8点，我们④乘坐MU2199次航班，从西宁飞往位于阿尼玛卿山腹地的果洛州所在地玛沁县大武镇。9点55分，飞机起飞后不久，我们就看到黄河像一条绵绵的飘带在海南州境内无尽的山峦之中闪闪发亮，当年由扎喜旺徐⑤、马万里⑥两位正、副团长率领的中国人民解放军西

---

① 分别为乔戈里峰（海拔8611米）、布洛阿特峰（海拔8051米）、加舒尔布鲁木I峰（海拔8080米）、加舒尔布鲁木II峰（海拔8028米）。

② 巴颜喀拉山，中国青海省中南部山脉，西北—东南走向，为昆仑山东延部分。 西与可可西里山相接，东抵松潘高原和邛崃山。 海拔多为4500米左右，主峰海拔5267米，北坡缓坦，南坡深切，多峡谷，为黄河与长江上源段的分水岭。

③ 阿尼玛卿山，亦称"积石山"，藏语意为"祖父大玛神之山"。 在青海省东南部，延伸至甘肃省南部边境。 为昆仑山脉东段中支，西北—东南走向，长约200千米，宽60千米。 海拔4000~6300米。 有海拔5000米以上高峰18座，发育现代冰川30条。 主峰玛卿岗日海拔6282米，终年积雪。 黄河绕流东南侧，富珍贵野生动物和矿藏。

④ 这里指"影像见证新时代聚焦扶贫决胜期：2018—2020大型影像"青海果洛藏族自治州驻点调研创作组成员，他们是：来自新华社的记者、摄影家陈小波、何自力、吴刚；来自云南、宁夏、青海的摄影家马宏波、牛红旗、图登华旦；来自山西的画家李兴骏；来自河南的小说家墨白、诗人与评论家江媛。

⑤ 扎喜旺徐（1913—2003），藏族，四川甘孜人，1935年参加中国工农红军。 历任果洛藏族自治州州长、青海省副省长、中共青海省委副书记、青海省第四届政协主席、青海省第五届人大常委会主任等职。

⑥ 马万里（1919—2017），汉族，陕西省延川县人。 1935年加入中国共产党，历任果洛藏族自治州委第一书记、青海省委书记等职。

从达日南岸看到的黄河
摄影:江媛,2018 年 9 月 18 日

北军政委员会果洛工作团,正是从这里第一次渡过黄河,
而他们所走过的路,就是古代进出果洛的唐蕃古道。

　　高原上的唐蕃古道兴盛于唐,东起西安,往西北经兰
州、西宁、湟源,再转弯一路走西南方向经三江源的玛多、
玉树进入西藏,止于拉萨,全长约四千二百里。其中,果
洛境内五百里主要经过姜路岭、黑海、花石峡、长石头山、
玛查理、柏海、巴颜喀拉山。古道为唐朝与吐蕃之间频繁
的政治、宗教、经济、军事和文化交往服务,同时也是古代
中国通向西亚的路径。

　　古代通往果洛腹地的另一条交通要道是党项古道。

党项古道起自东汉,又以黄河为界分南北两道。黄河从源头玛多出发,在巴颜喀拉山脉与阿尼玛卿山脉间的谷地一路向东南,成为玛沁、甘德、甘肃的玛曲与达日、久治的界河,这包括了 1954 年果洛藏族自治州建政后所管辖的六县中的五县(除巴颜喀拉山南麓长江流域的班玛县),因为阿尼玛卿雪山的走势,上游黄河在进入甘肃玛曲境内后,好像是眷恋这片土地,在玛曲境内回过头来,由东南走向改为西北走向,沿着阿尼玛卿山的北麓流向黄南藏族自治州,黄河在果洛境内的流程达七百多公里,形成了上游的第一道"几"字湾;在进入海南州后又一路向北,然后又转身向东,构成了一个巨大的上大下小的"S"弯,使得黄河像一条巨龙在青藏高原的东部舞动着。而党项古道则以巴颜喀拉与阿尼玛卿山脉谷地之间的黄河为起点分南北两道。

党项古道的南道起于吉迈镇,往南经莫坝、班玛,再折向东北往年宝、久治等地后,折头向南进入四川境内的阿坝、红原抵松州,最终到达成都,全程长八百多里。党项古道北路同样起于今达日县的所在地吉迈镇,过黄河后经甘德与玛沁,再渡黄河经拉加镇往北经海南州的贵德与海东地区的化隆去往甘肃的临夏,境内长四百多里的路,正是当年西北军政委员会果洛工作团所走过的。

西北军政委员会果洛工作团当年走过的路

　　1952 年 7 月下旬,经过二十多天的长途跋涉,由二百九十九人组成的西北军政委员会果洛工作团,在一百四十五名西北军骑兵支队的护送下到达玛沁县境内黄河北岸的拉加寺。工作团在拉加寺稍加休整后乘羊皮筏再渡黄河,又一路向西南,路过这一天我们所乘坐的航班将要到达的果洛州所在地大武河畔的玛沁县,同我们一样继续往前走,去往一百四十公里外的达日县的所在地吉迈镇。

　　这一天到达果洛机场后,果洛州税务局的旦正才让和摄影家图登华旦来接我们。我和陈小波先生、江媛女士有幸与图登华旦先生同行。图登华旦1964 年出生在当年他父亲工作的大武,父亲退休后,图登华旦就跟父亲回到了达日县,在文旅广电局任职。或许是上帝的安排,由于这天的旅程,使我日后与图登华旦成了贴心的好兄弟,随着交往,我对他在三江源野生动物摄影领域所做贡献的了解也日益深入,也是通过他,我对生活在果洛的藏族同胞

从达日黄河南岸看到的经幡
摄影：江媛，2018 年 9 月 18 日

有了更广泛、更深切的认识。

从海拔 3700 米的大武往海拔 3970 米的达日，地势逐渐升高，所以图登华旦说从大武往达日时是上去，而返程，则说是下去。也就是说，我们这天跟着图登华旦是沿着 101 省道一路往上走。路途中，在甘德境内我们不时能看到路边有成排的新建房舍，那些房舍有的是砖木结构，有的是钢筋水泥结构。陈小波先生问起这些建筑的出处时，图登华旦说，这些都是不同省份的对口单位出资为当地游牧民修建的固定居住地，由于援建单位不同，房屋的建筑材料也就不同。说着他伸手指了一下从我们身边闪过的房屋说，像这种彩钢结构的，因墙壁是金属材料中间填入塑料泡沫，所以保暖性能最差。随后他幽默地说，就像那些在睡梦中接受说唱《格萨尔》的艺人一样，在 101 省道两边，我们很难找到由牧民自己出钱建造的房屋。我们的话题由此转到了《格萨尔》。图登华旦说，我们果洛草原上有句谚语：岭国每人嘴里都有一部《格

萨尔》,意思是说生活在雪域之邦的每一个藏民,都会讲述《格萨尔》故事。千百年来,《格萨尔》能历久不衰并广泛流传,主要应该归功于藏语称作"仲肯"或"仲哇"的民间说唱艺人。

《格萨尔》说唱艺人有托梦艺人、顿悟艺人、闻知艺人、吟诵艺人、藏宝艺人、圆光艺人、掘藏艺人几种类型①。按照传统说法,佛菩萨显灵,或前辈高僧将《格萨尔》经典藏于深山岩洞或其他隐秘之处,以免失传,能将这种"宝藏"挖掘出来的人,被称为"掘藏艺人"。上面几种类型中"托梦艺人"最为神奇,这类艺人大多说自己在青少年时代做过一两次神奇的梦,有的艺人甚至连续数日睡不醒,不断地做梦,梦中产生的各种幻觉,仿佛亲眼看见,或亲身经历格萨尔大王征战四方、降妖伏魔的英雄业绩。梦醒以后他们一般都要大病一场;随后这些人就像突然换了一个人,变得神采飞扬、才思敏捷,脑子里如同过电影似的不断出现《格萨尔》故事的画面,心里有一种抑制不住的激情和冲动,胸口感到憋闷,有一种强烈的愿望要讲《格萨尔》故事,不讲不痛快,不讲心里难受。他们一旦开口,就如同大河奔流,滔滔不绝,不假思索,脱口而出,一讲就是几天、几个月、几年,甚至讲一辈子也讲不完②。藏族人类学家格勒博士③对这类通过做梦学会说唱《格萨尔》故事的艺人亦觉无从解释,在他看来,广袤雄丽的青藏高原,山山水水中都弥漫着令人不解的神秘气

---

① 参见《〈格萨尔王传〉及其说唱艺人》,索穷著,西藏人民出版社 2003 年 1 月版,第 75~85 页。
② 关于"托梦艺人"的说法原出《〈格萨尔〉大辞典》,降边嘉措主编,海豚出版社 2017 年 3 月版,第 702 页。
③ 格勒,藏族,1950 年 5 月 1 日出生,国际知名藏学家。主要著作有《论藏族文化的起源、形成与周围民族的关系》《藏族早期历史与文化》等。

达日县黄河南岸拍摄电视短片的歌舞者

摄影：江媛，2018 年 9 月 19 日

息。在那儿，即使不信有神授之说的人，也会发觉那些神授艺人的记忆力惊人，这一切非常不可思议。

后来，我结识了达日县德昂乡的说唱艺人依果，他是《格萨尔》说唱艺人中通过阅读书本得道的"吟诵艺人"。2019 年 5 月 2 日，在三江源自然保护区内的特合土乡，我又结识了上面我们说过的《格萨尔》说唱艺人关确丹增，但和依果老人有所不同的是，1969 年出生的关确丹增是靠父亲的传授开始演唱《格萨尔》的。从未读过书的关确丹增从八岁起就一边在黄河边放牧一边学习演唱。那天他在黄河边的草甸上坐下来，手执黄色的哈达给我们唱了一段《霍岭大战》里格萨尔手下的一名大将,单枪匹马去偷袭敌人军营的故事。

在路过甘德县城所在地西柯曲河畔的柯曲镇时,图登华旦告诉我们,柯曲镇有一个海拔四千三百米的德尔文村,在村里的八百六十多名牧民中,大约百分之八十的牧民会说唱《格萨尔》史诗,村里人至今深信格萨尔是天神之子,能为他们消灾解难,并认为自己就是格萨尔及其追随者的后裔。因而村里会定期举行一些与《格萨尔》有关的艺人竞赛或者格萨尔马背藏戏的活动。尽管现代文明已不可避免地到来,但村里的很多人仍沿袭着祖辈日出而作、日落而息的放牧生活,村民的思维里依旧保留着对《格萨尔》史诗时代的纯洁想象,对《格萨尔》史诗仍然保留着最原始的信仰,并且口口相传。每当这里的人们见到美丽女子,都会说她像格萨尔的王妃珠牡。遗憾的是,这次

特合土乡《格萨尔》说唱艺人关确丹增
摄影:江媛,2019 年 5 月 3 日

我们虽然路过,却没能亲自到村里去看看。

这天,图登华旦驾驶的越野车沿着101省道过了上贡麻乡后,我们的车子很快就和黄河并行了,由于黄河和巴颜喀拉山,我们说到了李伯安[①]和他的《走出巴颜喀拉》[②],说到了何向阳女士的《自巴颜喀拉》[③]。据何向阳在这本走马黄河的图书"后记"里透露,因当时心肌缺血,2000年左右她沿着唐蕃古道到过海南州的同德境内,这与1987年那次被誉为"人类漂流史上前无古人的一次壮举"的黄河漂流有关。

1987年4月至5月,由生活在黄河下游的一群热血青年自发组织的"河南黄河漂流探险队"分两组分别到达了海拔五千多米的约古宗列曲和卡日曲黄河源头,然后下漂,先后抵达两源汇合处后,又经二十多天的艰苦跋涉,终于冲出了平均海拔在四千五百米以上的河源地区,到达玛多县城。2001年3月的一个下午,当时身为漂流队随队记者的马云龙[④],在一次聚会上为我们讲述了他的亲身经历:队员们进行了一天的休整后,于5月26日清晨继续下漂,在他们拐过果洛境内的"几"字弯后,在玛沁县附近的拉加峡不幸损兵折将。6月17日下起了雨,望着不断上涨的河水,听着从河谷里急流瀑布

---

① 李伯安(1944年7月—1998年5月),河南洛阳人,他历时十载创作的人物长卷《走出巴颜喀拉》,以其高昂的立意、恢宏的气象、独具个性的绘画语言,把水墨人物创作推上了新的高峰。《走出巴颜喀拉》是中国美术史上最富民族精神、最具震撼力的史诗性水墨人物长卷作品。

② 《走出巴颜喀拉》高1.88米、长121.5米,具体描绘了266个神态各异的藏民人物。全画共分圣山之灵、开光大典、朝圣、哈达、玛尼堆、劳作、歇息、葬戏、赛马、天路十部分,长卷以黄河为构思依托,展示的是藏民族浩荡的群体形象,倾注了对人类存在的关注与对生命的哲思。

③ 《自巴颜喀拉》,何向阳著,中国青年出版社2001年3月版。

④ 马云龙(1943—),河北人,1968年毕业于北京大学,曾任《大河报》副总编辑。

黄河岸边的经幡

摄影：江媛,2018 年 9 月 19 日

发出的咆哮声,在连绵的雨水里漂流队员们一直焦急地等到 19 日下午 3 点半,考虑到不想让接应者等待时间过久,他们决定放船冲滩。五分钟后,漂流队的船只被激流打翻,五名队员在冰冷的河水中拼搏着,最终仅有袁世俊昏迷后侥幸随船漂至回水处得以生还。6 月 20 日上午,朱红军、郎保洛、张宁生和雷建生的遗体先后在海南州兴海境内的黄河唐乃亥段和同德境内的休麻乡段被发现。

这天中午,当我们的车在黄河边停下来时,我贴近黄河的渴望近乎迫切,听着从湍急的水流涌出的浪涛声,我的眼前竟幻化出那些从急流里漂过的身影。这时,一位身穿藏袍的青年骑着摩托车从对面的黄河大桥朝我们飞奔而来,一晃,又从我们身边开过去,他藏袍的下摆被风吹起来,旗帜一样在身后的空中舞动。我们把目光收回,在黄河的对岸,那片被正午的阳光所照耀着的城区,就是我们要到达的达日县城。

我们站立的右手边那飘满五彩经幡的山坡上,有甘德县上贡麻乡的瓦岩寺。图登华旦告诉我们,1952年8月4日,他父亲就是从这里迎接西北军政委员会果洛工作团的。1936年,图登华旦的父亲出生在四川省甘孜州石渠县,1952年8月,他的父亲就是从我们现在站立的地方,迎接西北军政委员会果洛工作团第三次渡过黄河。最终果洛工作团抵达达日境内的查朗寺,果洛宣告和平解放。2019年5月1日下午,我们在前往查朗寺的途中,在查朗寺东边开阔的草地上,见到了"果洛和平解放纪念碑"。图登华旦告诉我们,1952年西北军政委员会果洛

在德昂乡东部看到的黄河
摄影:墨白,2018年9月21日

工作团到达查朗寺，因为持有武器，不能进入寺院，他们就驻扎在这里。图登华旦说，后来经我父亲建议，2008 年经达日县委、县人民政府批准，在这里修建了"果洛和平解放纪念碑"；达日境内还有一座"果洛建政纪念碑"，位于县城往久治的途中。这两处现都已被列为爱国主义教育基地。1952 年 8 月 24 日至 9 月 1 日，工作团在查朗寺召开果洛各部落头人第一次联谊会，参加会议的有二百七十一人。1954 年 1 月，果洛藏族自治州在吉迈镇正式成立，至 1958 年，全区共辖上面我们说过的甘德、久治、班玛、达日、玛多、玛沁六县。

图登华旦说，果洛州府在 1960 年至 1961 年由吉迈迁驻大武的时候，他还没有出生。而在果洛建政以前，这里处于封建部落割据状态。人们最基本的生产活动是游牧、狩猎和采集，生活方式原始落后，人民生活极其贫穷。由于这种发育程度极低的社会形态和几乎与世隔绝的地理环境，长期以来，果洛一直被人们视为一个遥远而神秘的地方。

天果洛、地果洛

果洛，藏语意为"反败为胜的头人"。历史上，果洛属古三危地，《尚书·尧典》中有"窜三苗于三危"①的记载；《史记·五帝本纪》里说："迁三苗于三危，以变西戎。"②而《后汉书·西羌传》则说得更具体了："西羌之本，出自三苗，姜姓之别也，其国近南岳。及舜流四凶，徙之三危，河关之西南，羌地是也。滨于赐支，至乎河首，绵地千里。"③以上说的都是羌人的族源，而三危地望，后来的研究者有许多说法，其中一说是说此地是指现在的整个西藏及四川西部地区；所谓赐支河，也就是现在的阿尼玛卿山、西倾山及其以北地区，这里正是古代羌人活动的中心④。汉晋时，党项、参狼、赤羊、东女、发羌等部

---

① 《尚书》，王世舜、王翠叶译注，中华书局 2012 年 1 月版，第 21 页。
② 《史记》，萧枫主编，延边人民出版社 1999 年 3 月版，第 9 页。
③ 《后汉书》（南朝·宋）范晔撰，中华书局 2012 年 4 月版，第 2307 页。
④ 《青海通史》，崔永红、张得祖、杜常顺主编，青海人民出版社 2017 年 4 月版，第 18页。

族在果洛地区活动。西晋永嘉五至六年（311—312），辽东鲜卑慕容吐谷浑氏迁徙至今甘南、川北地区，并逐步向青海境内扩张；东晋咸和四年（329）在青海湖流域建立吐谷浑王朝；5世纪初，吐谷浑人大批迁入海南、果洛、玉树地域。藏族的先民，在7世纪以前，散居在青海南部长江与黄河源头流域及西藏雅隆河谷等地，唐武德元年（618）吐蕃政权建立；唐贞观十五年（641），松赞干布至今青海扎陵湖、鄂陵湖的柏海迎娶唐宗室女文成公主时①，走的就是我们上面说过的唐蕃古道。7世纪中叶，吐蕃攻破吐谷浑后从果洛迁徙到玉树，又吞并了川西的党项、白兰诸部，复又歼青海、甘肃广大地区的吐谷浑诸部，青藏高原成为吐蕃王朝的一统天下之地。

自元至元十七年（1280），元世祖派遣招讨使都实等由河州经贵德至星宿海，探寻黄河发源地。到清顺治四年（1647），清廷开始陆续发给明以来青海世袭土官号纸、印敕，正式称其为"土司"的近四百年间，蒙古人对果洛产生过重大影响。

就在2018年9月18日上午，我们路过甘德县上贡麻乡时，图登华旦告诉我们，这里有一个叫索日玛的部落，索日玛的藏语是蒙古族。以前这里的老人都是用蒙语聊天的，但现在他们的儿孙都听不懂了，被汉化了。由于蒙古人与汉族人的进入，果洛已不是一个单一的藏族社会。清廷采取"以番治番"政策，对果洛各大部落头人封授千百户官职，果洛与内地有了民间贸易往来，汉族商人经阿坝、临潭、夏河、拉加等地进入果洛，从事以物易物为主的

---

① "《唐书》：十五年，妻以宗女文成公主，诏江夏王道宗持节护送，筑馆河源王之国，弄赞率兵次柏海亲迎。"见《白史》，根敦群培著，法尊法师译，中国藏学出版社2012年7月版，第43页。

德昂境内黄河支流次此河谷的牧草

摄影:江媛,2019年5月5日

商业交换活动。清末民初,化隆、贵德、湟源、湟中的少数
回、汉族商人和淘金者,经拉加寺进入玛沁、久治等地,有
的经商破产转为耕牧,有的淘金失败难以回原籍而流落
在牧区,与当地妇女结婚成家,定居下来。果洛社会以博
大的胸怀,接纳了这些外来人,他们成为果洛草原的新居
民。经近百年与果洛藏族人民共同生产生活,这些汉族
人已基本上被同化为藏族人,在全州各地都可寻觅到这
些外来人的后裔。虽然果洛藏族是随同青藏高原各民族
经历了长期演化过程,又吸收了部分蒙古族、汉族人而发
展形成的,但由于藏族源远流长,占果洛社会人口的绝对

优势,因此,果洛仍然是一个以藏族为主体民族的地区。

果洛的名称,最早出现于明初。朱拉嘉与儿子朱安本由金沙江谷地迁徙到道绕定居,征服并吞并年则、卡热、萨勒三部土著,正式拉起果洛部落大旗。"果洛三部"的前身是"果洛三帐房",朱安本晚年把部落领地和牧户分给三个儿子管辖,逐渐发展成为果洛三部,这是果洛部落的第一次分化。朱安本辞世时,他的三儿子本雅的势力发展到玛绕六部,号称"六地六域之主",主掌果洛大权。帕合太当权时,明宣德年间被皇帝敕封为万户,统治着玛绕和玛尔绕、多绕广大地区。帕合太晚年,效法祖上朱安本,亦将领地属民划分给三个儿子分管,这是果洛历史上的第二次分化。果洛历经二百多年,发展分化成三大部,并逐步建立起部落武装和一整套治内御外的法规。

部落法规,是果洛三部分立之后,约在 18 世纪初,阿什姜本势力强盛时期,头人旦增达杰主持制定了一部欲在全果洛执行的法规,民间称作《红本法》。诸如保护财产、维护头人权威、放牧、处理偷盗抢劫、械斗纠纷、婚姻纠纷以及命案等许多方面都有立法,而且法规细致到有关于狗的条文;在"赋税法规"里规定有牲畜税、人头税、酥油税、青盐税、羔皮税等。

康熙六十年(1721),清廷为上廓洛克车木塘寨百户泽楞查什、中廓洛克千户索浪丹坝、下廓洛克百户折论札含授职,须给号纸,无印信。这是清廷首次为果洛头人封授土官职,从此果洛有了土官封号。土官是明代土司制度的延续,与"红保"为同一意义。果洛社会的红保①、伦保②、措红③这三级掌权者,对牧民的统治是一环扣一环、一级套一级,十分严密完整的。部落牧民承担着差役、赋税、兵役等义务,红保家除放牧、打酥油由长工或短工做外,织缝帐房、搬迁草场、运输侍卫、传递信息等,全由牧民轮流无偿负担。牧民外出或亲友来部落居住,必须禀报红保允准,否则将被视为违法,受到处罚。任何人,未经红保同意要离开部落投奔别处,是绝对不被允许的。

在《十年西行记》里,庄学本④对果洛的称谓沿袭了清朝的"廓洛克"⑤。1933 年年底,十三世达赖喇嘛圆寂后,国民政府组织致祭专使行署,庄学本拟以《申报》特约记者的身份随行进藏,但到成都后,他的行程和身份未获专使黄慕松允准。1934 年春天,庄学本转而准备对果洛进行考察,为了旅行需要,二十五岁的庄学本托朋友在蒙藏委员会以"开发西北协会"调查西北专员的名义办了一张去果洛的旅行护照。正是有这个"调查西北专员"

---

① "红保"即官人,在独立部落里,红保是最高掌权者。他不仅是部落的行政首领,也是部落武装的最高指挥官,部落法规的制定者和执法者。历史上封建王朝推行的土司和千百户制度,并没有改变红保的传统地位,人们并不看重这些封授。

② "伦保"即臣相或辅佐,是辅助红保管理部落的人,由独立大部落的直属部落头人或红保的亲属担任,也有附属于该大部落的外来部落头人任伦保的。果洛各部红保,为便于对下属部落的统治,把所有直属部落头人都当作伦保。

③ "措红"是"措唯"和"科尔"的小头人,受伦保直接管理,是果洛社会官位权力最低者。

④ 庄学本(1909—1984),上海浦东人,中国影像人类学先驱,1934—1942 年,在四川、云南、甘肃、青海四省少数民族地区进行了近十年的考察,拍摄了万余张照片,写了近百万字的调查报告、游记以及日记。庄学本于 1941 年举办西康影展,影展吸引了二十余万人前去参观。他的摄影作品展示了那个年代少数民族的精神面貌,为中国少数民族史留下了一份可信度高的视觉档案与调查报告。但在 1984 年他去世后,他在摄影史上所做出的贡献和应有的地位才逐步被世人知悉和确认。

⑤ 见《庄学本相册》,上海文化出版社 2012 年 3 月版,第 25 页。

庄学本（1909—1984）

的身份,庄学本得以凭此写了一封信调解了阿坝墨桑土司与过路军阀鲁大昌的关系,进而深得墨桑土司的尊重和信任,并与土司的儿子结拜为兄弟。随后,庄学本在八名藏兵的护送下从阿坝一路向西进入现在果洛州所属的班玛与久治,路过巴颜喀拉山南麓的白玉寺①前往现在甘肃玛曲的黄河岸边。那年夏天,庄学本到达了果洛。当时的果洛呈现出一派荒寒景象,还处于"数千年来置于化外"的部落社会。

　　由于果洛地处偏远,环境闭塞,历代封建王朝都没有在这里真正建立过

---

　　① 久治境内的白玉寺在庄学本日记里被称作"白衣寺",寺庙位于距县城西南一百四十九公里的白玉乡,系四川省白玉县白玉大寺子寺,海拔三千六百米。

庄学本作品，1934 年

政权,实行过直接统治,因而它长期游离在各大政治集团之外,其大小部落是社会最基本的组织形态,互不统属,各自为政。到清朝和民国,也没有哪个政权把果洛划归麾下。1917 年至 1942 年,宁海镇守马麒和其弟甘肃保安司令马麟以及马麒之子、西北地区的军阀马步芳,曾经多次派兵进入果洛烧杀抢掠,但最终也没能使各部落屈服。

　　那时果洛完全是以部落的形式存在着,头人主宰着果洛的一切,占有着这里的绝大多数牲畜,寺院僧侣则统治着这里人们的精神领域,他们拥有至高无上的权力:天是我的天,地是我的地。"天果洛、地果洛"由此而来。当然,图登华旦一边开车一边微笑着看着我说,我们现在提出"天果洛、地果洛"的概念,是指果洛的自然风貌,是为了开发旅游。

格德吉及其家人的生活

    2018 年 9 月 18 日正午,我们所有的调研组成员在达日会合,达日县年轻的扶贫办主任格桑,还有吉迈镇的书记与乡长过来,和我们一起前往一个新近安置的牧民居住点。

    1984 年出生的格桑,有一个弟弟和一个妹妹,他的父亲出生于 1959 年,父亲十七岁那年参军,从部队转业后在达日县所属的乡镇工作三十三年;母亲是牧民,格桑的父亲当年在乡下工作时曾经患过包虫病,但发现得早,根治了。格桑因大伯是县里有名的藏医,高考志愿报的青海医学院。因之前曾读过娘本绘制的《四部医典曼唐》①,我向格桑请教了一些有关藏医学的问题。

---

① 《四部医典曼唐》,娘本著,安徽美术出版社 2017 年 5 月版。 曼唐:"曼"是"医"或"药"的意思,"唐"则是唐卡的简称。《曼唐》的内容基本上就是《四部医典》和其他补充内容的形象化表现。《曼唐》反映了藏族医药学上千年来的发展过程,是以藏医学为主要内容的医学挂图,它是我国医药学的一枝奇葩,也是世界古代医学体系中的稀世珍宝。

格桑最后告诉我,他在大学期间曾经通读过《四部医典》,这部医典里使他难忘的是作者把人体的生理和病理理解成一棵大树。格桑大学毕业后又考入达日县人民医院,成了一个外科大夫。虽然那会儿我想起了鲁迅,但我没有询问他后来弃医从政的原因。

这天下午,我们来到黄河岸边距离县城有八公里左右一个牧民居住点,见到了牧民格德吉。1988年出生的格德吉兄妹六人,他们的母亲在五十岁那年患肝病去世后,大姐就一直在操持家务,没有出嫁;格德吉1986年出生的哥哥达玛,属虎,是村里的调解员,平常帮着村支部管理一些村里的事情;二姐嫁到果洛州上,三姐的丈夫和她丈夫王德贵一样是汉族人,他们都是从青海民和县过来打工的农民。格德吉的丈夫王德贵最初在这里开机动车,运送水泥、沙子等一些建筑材料,和格德吉的父亲熟悉后就被领回了家,做了上门女婿。格德吉先后生下了三岁的女儿扬青措和两岁的儿子华丹尼玛。在他们兄妹六人中,只有弟弟在查朗寺出家时受过教育。

果洛在和平解放以前,文化教育基本上只限于寺院宗教文化和经堂教育。寺院不但传播文化,而且是果洛唯一汇集和保存文化遗产的地方。各寺院保存的主要经典和各教派的史籍中,也包含了文学、诗歌、工艺、历史、天文、地理、历算和医药等自然科学知识。虽然这些知识带有宗教色彩,但它仍然是果洛人民极珍贵的精神食粮和财富。这些知识的传播,造就了许多名医、名师、能工巧匠;自古至今,有名的藏医师、藏药师、唐卡①画师、铜铁银手工工匠以及说唱艺人,多出自僧人或曾受经堂教育者;建政初期果洛各地建

---

① 唐卡指流行于藏区的一种宗教卷轴画。

在牧民格德吉家的帐篷前。 右起：吴兴俊、墨白、江媛、格德吉、达玛、陈小波、何自力（余二人未署名）

摄影：图登华旦，2018 年 9 月 18 日，达日县吉迈乡

立的帐房小学教师亦都出身僧人。不少藏文造诣较深的有志僧人，用藏文记录和整理果洛的天文、地理和历史，他们留下的记录如《果洛族谱》等，是果洛宝贵的文化遗产。

寺院的经法教育也有学制，且因各派教旨不同而有差异。和平解放前的寺院教育对果洛地区普及文化起到了一定的历史作用，但它未能起到引进先进民族和地区文化科学知识、沟通交流果洛人民与兄弟民族思想感情

格德吉和她的哥哥达玛在自家的帐篷前

摄影:江媛,2018 年 9 月 18 日

的桥梁作用,不能为加速果洛社会进步、经济文化的发展服务。和平解放以后果洛建立了各类学校,大力发展民族教育,此举突破了寺院经法教育的局限性,摆脱了教育事业神学思想束缚,使藏文充分发挥出它应有的作用。

现在格德吉家居住的是牧民合作社夏季草场临时居住点,白色的帐篷都是政府提供的;虽然 1992 年又做过一次普查,但草场还是 1984 年集体分包到户时的草场;后来父亲就把草场分给了自己的几个孩子,她家的冬季草场距这里有近三十公里。自从成立了牧民合作社之后,牧民可以把自己家的牛羊集中赶来,由分组的牧民去放牧,其他的牧民就可以有时间做一些别的营生;格德吉告诉我们,她父亲今年七十岁,今天去县城办事了。父亲年后到成都的华西医院做了一次手术,把两个肾脏都切除了,花去了十几万元。

为此,格桑主任给我们介绍了达日县的新农合情况:新农合医疗费用报销分级别:州里是三级,报百分之七十;县里是二级,报百分之八十;乡镇是一级,报销百分之九十。比如格德吉的父亲住院做手术花去了十万元,但到了乡里这一级,并不是说就给报全部的百分之九十,这里还要先扣除门槛费;还有做手术的一些自费药品和医用材料,这些都是要自己拿,在报销的时候要先扣除掉这些,才能按上面说的那个比例报销。在省内和省外看病也不一样,比如格德吉的父亲是在成都华西医院看的病,这就只能报百分之三十。问题是还有一些别的花费,比如交通、吃饭与住宿,一个病人去做手术,就要由三四个人陪着,一住就是两三个月,这个都是自己负担。这对一般的牧民来说,是很大的经济负担。

在我们交谈的时候,我看到格德吉一直忙着生火给我们烧水,照看孩子。作为一个家庭主妇,像格德吉这样的生活状态,在牧区里极其常见,后来我们认识的唐姆与多耐也是这样生活的。

唐姆与多耐

最初的时候,我们很难相信,唐姆是在保洛丧失了劳动能力之后,才和他结的婚。

1975 年 9 月 25 日出生的保洛,在他二十七岁那年因骑摩托车出了车祸。保洛最初到达日县医院去治疗,后来又去了西宁,身体里埋下了金属支架,说是两年后取下来,由于经济原因,一直没有如约取出;就是在这样的情况下,唐姆嫁给了保洛,随后给他生下三个女儿一个儿子。如今,大女儿已经上了小学,现在保洛和别人一起在德昂寺附近开了一家超市。

2018 年 9 月 23 日上午我们来到了保洛家,我再次看到了和在格德吉家的帐篷里相似的情景:在我们和保洛交谈时,不知从哪里传来的佛音在我们所处的空间里弥漫,他的妻子唐姆,像格德吉一样在默默地劳作:烧火、沏茶、帮着从她身边跑来跑去的儿子整理衣服。尽管我对眼前这个弯着腰探着身子走来走去的、面容已经不太年轻的母亲不甚了解,但我的内心却对她充满

保洛和他的家人

摄影：江媛，2018 年 9 月 23 日

了敬意。或许，唐姆和许许多多的藏族妇女一样，她天不亮就起床生火煮茶，去牛圈里给牦牛挤奶，回屋服侍丈夫穿衣吃饭，送孩子出门上学，所有这一切都只能存在于我对她日常生活的想象之中，对我来说是个谜团，就像我不知道她为什么会嫁给保洛这样一个残疾人一样。

金属一直隐藏在保洛的身体里，直到去年，县里残联的工作人员多耐来到他家，主动帮他办了残疾证，保洛这才享受到国家扶贫项目中说的残疾人的待遇。2018 年 2 月，多耐来电话告知保洛说有个机会，可以让他到西宁去治疗，一切费用由国家来出，这包括下去上来的车费。那个时候保洛还不知道多耐的名字，只知道这位从县残联来的女同志带着他们一帮残疾病人住进了西宁恒安骨科医院，她跑前跑后，逐个儿帮着他们办理住院手续，扶他们上下楼梯，后来又给他们中的人买轮椅或者日常生活用品。保洛说，当初还以为她给我们买东西用的是国家的钱，后来才知道，那都是多耐自己掏的腰包。

在达日,在许多残疾人的传说里,多耐是一位具有菩萨心肠的人。

多耐 1976 年 2 月出生在达日草原,1994 年 1 月参加工作,先后在达日县粮站、达日县文体广电局工作;2006 年因工作出色,被国务院、劳动部、国家粮食总局授予"全国粮食系统劳动模范"荣誉称号。她到达日县残联工作后,行程两千余公里,为全县六百零六名残疾人换发了新的残疾证,并建立了残疾人康复档案。

后来,我在达日县残疾人联合会采写的《全国孝老爱亲先进事迹材料》和《情系高原无私奉献》两篇记述多耐的文章里,看到了许多事迹,这其中有两个感人的小故事:吉迈镇七岁的孤儿乐毛杨措是一个脑瘫儿,为了能将这个患儿带到县康复中心,多耐多次劝说收养乐毛杨措的满拉和本穷夫妇,他们最终把乐毛杨措交给了多耐。最初乐毛杨措不配合治疗,总是又哭又闹。帮助脑瘫患儿康复真不是一件简单的事情,要比常人花费更多的时间和精力,为了能让乐毛杨措有所好转,多耐不光在生活上悉心地照料她,每天还要陪她锻炼四个小时,有时候晚上也要留下来陪护她。最终,多耐用母爱感化了这个孩子。在这期间多耐的公公住院她都没能在身边侍奉,老人的不理解、丈夫的埋怨,她都埋在心里,一个月很快就过去了,当要分别时,乐毛杨措紧紧搂着多耐的脖子不肯撒手。多耐另一个感人的故事也是和脑瘫残疾孤儿有关:2018 年,果洛州孤儿福利院派一名陪护员将达日县桑日麻乡十四岁的才让仁增送至西宁恒安骨科医院进行肢体矫正手术。在医院里,才让仁增情绪极不稳定,对医护人员和陪护员十分抵触,不愿与任何人接近。多耐听说后来到医院,她凭借多年的工作经验,安抚这位脑瘫孤儿的情绪,她自己掏钱给才让仁增购买零食、玩具以及衣服。在多日的陪伴与关怀下,才让仁增

唐姆（右一）和婆婆
摄影：江媛，2018 年 9 月 23 日

终于开始接受多耐，并愿意配合治疗。治疗结束后，当县乡领导把慰问金送来放到他手上时，才让仁增没有把钱交给身边的陪护员，而是来到多耐身边把钱塞进她的手里，并郑重地叫了她一声：阿妈。那一刻，多耐感动了，那是孩子对她的认可和爱戴呀！那一刻，多耐紧紧地把孩子搂在怀里。多耐觉得自己能替国家帮助最需要关怀、最需要帮助的弱势群体，为他们做一些力所能及的善事，是为自己积德。

为了及时给残疾人服务,多耐有她知道的所有残疾人的联系方式,为残疾人建立了不同的微信群;牧民们知道多耐血压高,工作辛苦,为了感谢她,有的牧民就在群里给她发红包,可是多耐不收,牧民们就到寺院里去给她祈福,然后把祈福的条子拍照发给多耐。

　　2018 年 9 月 23 日这天下午,我们在达日县残联见到了传说中的多耐,美丽的多耐对我们说,她做的还远远不够。现在国家对边远地区的扶贫力度这么大,我们游牧民族以前住帐篷,严寒季节四处透风,现在夏季转场时年轻人和壮劳力去放牧,老人、孩子可以留在固定的住地,真不错。我常和牧民们交谈,他们由衷地说,以前哪有这样的好日子呀!赶上了好时代,感谢政府。

《格萨尔》与狮龙宫殿

2018年9月18日上午,我们出了达日县城,沿着黄河南岸边的村级公路一直往西,回过头来,透过车窗玻璃我仿佛看到格萨尔骑着他的战马,远远地站在县城西南边的山顶上,俯视着眼前宽阔的黄河。黄河从上游奔流而来,在这里拐了一个很大的弯。图登华旦告诉我们,如果晴天烧晚霞,这里是拍摄黄河十分理想的地方。图登华旦说着指着黄河宽阔的河滩说:传说格萨尔和他母亲从四川的德格阿须草原流浪到这里,就住在这片黑土滩里。

一般认为《格萨尔》产生于11世纪①,是一部卷帙浩繁、博大精深到"一个人倾其一生也不足以阐述完这项内容"②的英雄史诗,并广泛流传于中国

---

① 2001年10月17日在巴黎召开的联合国教科文组织第三十一届大会上,《格萨尔》被列入2002~2003年联合国教科文组织参与项目,即《格萨尔》一千周年纪念。见《英雄格萨尔·序言》,降边嘉措著,作家出版社2018年6月版。

② 《西藏史诗与说唱艺人的研究》,(法)石泰安著,耿昇译,西藏人民出版社1993年10月版,第1页。

西南地区的藏、蒙古、土、裕固、纳西各民族聚居区，与蒙古族的英雄史诗《格斯尔》同源异流。这部英雄史诗情节曲折、语言优美，是建立在藏族古老的神话、故事、歌谣、民谚基础之上的，千百年来这部史诗由民间说唱艺人传承，凝聚着藏族人民的聪明才智和创造精神，代表着古代藏族民间文化的最高成就。

《格萨尔》史诗描述格萨尔王为建立以岭国为中心的军事联盟而征战的英雄业绩，成功地塑造了格萨尔英武神奇的形象和其爱妃珠牡贤惠忠贞的形象。很早以前，整个雪域藏区一切都在恶化，为了拯救天下黎民百姓，有一名老者成功地从一位天神处获得了派其儿子诞生人间的许诺，人间的母亲以一种神奇的方式受孕生下了一个相貌丑陋的婴儿，这个传说中是神子推巴噶瓦①或者是莲花生大师②化身的乳名为觉如的婴孩，从一生下来就遭到伯父晁通③的迫害，伯父想独霸这里的统治权，觉如却由于神力的庇佑而逃脱了欲加害于他的数次凶险的阴谋陷阱。

格萨尔在五岁时，被迫离开了他出生的德格阿须草原，同母亲翻越巴颜喀拉山，来到了现在我们开车正在行走着的黄河岸边。图登华旦说，这片黑土滩上高原鼠兔特别多，鼠害很厉害，一只高原鼠兔一年能繁殖二胎，一胎能

---

① 《语文》（五年级下册），语文出版社教材研究中心、十二省小语教材编写委员会编，语文出版社 2005 年 6 月版，第二课《格萨尔王的故事》。

② 莲花生大师，8 世纪印度高僧，入藏弘法。

③ 《格萨尔》里岭国三十员大将之一，在整个岭国其法力仅次于格萨尔，相传其是马头明王的化身。在史诗中晁通被刻画成一个集自私、虚伪、奸诈、好色、贪婪、阴险、吝啬、无耻以及巧舌如簧、心怀不轨、贪生怕死、投降变节、卖国求荣于一身的小人，深为岭人所鄙视和不齿。格萨尔重返天界之前，为了根除挑起岭国内讧，致使祸起萧墙的隐患，将晁通的骨灰置于一座水晶白佛塔内，将其灵魂超度到西方极乐净土。见《英雄格萨尔》，降边嘉措编纂，作家出版社 2018 年 5 月版，第 136 页。

产六七只;这个家伙钻到地下光吃草根,被它们肆虐过后草就大片大片地死亡;但这个家伙很干净,吃草嘛,个也大,我们叫它高原鼠兔,传说中格萨尔也吃过这东西,当年他和母亲流浪到这里没吃的,格萨尔就掏高原鼠兔。在流放的过程中,格萨尔始终过着贫困生活,直到十二岁那年,格萨尔在神灵的庇护和神马的帮助下,在整个部落的赛马大会上赢得了胜利,因而被拥立为岭王并迎娶珠牡为妻,他从此被称为格萨尔,同时,他也恢复了光辉照人的仪表。

上面的故事就是《格萨尔》里的"天界篇"的内容。"天界篇"相当于"序篇","天界篇"由《天界占卜九藏》《英雄诞生》《赛马称王》等部分组成,这里的格萨尔具备人、神、念——藏族传说中的一种地方守护神——三种品格,是一位半人半神的英雄。他是藏族人民在长期的历史发展过程中,塑造的一个理想中的英雄形象。

这天下午我们离开了格德吉家所在的安置点,前往距达日县城约十八公里处的位于建设乡境内的"格萨尔狮龙宫殿"。在傍晚的雨雪中,我们远远看到一堵赭红色的围墙,在宫殿的塔尖顶,耸立着宝幢和铜质镀金的祥麟法轮。格桑主任告诉我们,那就是格萨尔狮龙宫殿。格桑指着四周的山峦说,宫殿四周的山,东南西北都朝向狮龙宫殿,有一千多条山沟犹如莲心的叶纹,是自然的八宝如意图。

现在的狮龙宫殿落成于 1993 年 8 月,其地理位置和地形地貌与查朗寺所在地一致。为纪念藏族历代传唱的英雄格萨尔,经青海省果洛藏族自治州人民政府批准,由青海省人大代表、查朗寺高僧丹贝尼玛负责筹建此殿。在宫殿里,我们还看到了赵朴初先生为宫殿题的词;看到了格萨尔和王妃珠牡

格萨尔狮龙宫殿里的建筑
摄影:墨白,2018 年 9 月 18 日

的塑像,以及在《格萨尔》"降魔篇"故事里出现的格萨尔手下三十员大将的塑像。

　　《格萨尔》"降魔篇"包括《魔岭大战》《霍岭大战》《姜岭大战》《门岭大战》四部降魔史,由于魔怪作乱,闹得人世间不得安宁,黎民百姓苦不堪言。成了国王的格萨尔便将毕生奉献给了镇伏魔鬼的事业。他第一次征服的是一个食人肉的巨魔,巨魔的妻子本来是被妖魔劫走的格萨尔的王妃之一,格萨尔在她的帮助下消灭了巨魔,但之后她又让格萨尔饮下了一种健忘的酒,她拘住了英雄。格萨尔不在岭地的时候,伯父晁通勾引格萨尔的正宫夫人失败后,作为报复,他将霍尔人地区的三王引入岭地,岭地战败后王妃珠牡被擒,她竭力抵抗,最终却不得不成了白帐王的夫人,并为他生下了两个儿子。格萨尔返回岭地后首先惩罚了他的伯父,然后又化装成铁匠的徒弟进入霍尔人地区,最终进入宫中杀死国王夺回了王妃。此后,史诗各部的故事结构大致相同:一个异邦的魔怪被铲除,某些人物被宽恕,并开始臣服格萨尔,随他征战四方,降妖伏魔。降伏一个魔王之后,又降伏一个妖魔,于是出现了许多新的分部本:"宗。"

在《格萨尔》里,"宗"指的是古代藏族社会的部落联盟,或小邦国家。这和果洛建政之前"天果洛、地果洛"的部落格局的社会现实十分相似:"十八大宗"、"十八中宗"、"十八小宗"以及更小的"宗",格萨尔每征服一个部落

查朗寺
摄影:墨白,2019 年 5 月 1 日

联盟或小邦国家,就会有一个相对完整的故事诞生。这和《西游记》里讲述故事的结构手法十分近似,格萨尔降伏"魔王"的英雄业绩构成了史诗的主体部分,是整部史诗最精彩、最吸引人的部分。在狮龙宫殿的墙壁上,我们还看到了绘有《格萨尔》"地狱篇"故事的壁画。

《格萨尔》里"地狱篇"包括《地狱救母》《地狱救妻》《地狱大圆满》《安定三界》等部。格萨尔大王完成降伏妖魔的大业,准备返回天界回望人间时,却见自己的生身母亲和爱妃以及岭国很多战死的英雄与将士,还在地狱里遭受苦难。格萨尔这位大智大勇的"天神之子"负有"拯救众生出苦海"的使命。愤怒的格萨尔直奔地狱,砸了阎王殿,超度了所有沦落地狱的众生的亡灵。

以人物为中心联结全篇的史诗《格萨尔》,又以事件为中心组织上述的"天界篇""降魔篇""地狱篇"三部的主要内容。这些内容一起形成连环扣式的结构安排,整部史诗一波未平,一波又起,波澜迭起、环环相扣。其中每一个部分,都讲述一个相对独立、引人入胜的故事,都特色鲜明地呈现了民间说唱艺术特征。格桑主任说,格萨尔文化在这里有着很大的影响力,十世班禅大师生前曾按照藏族文化传统和宗教仪轨,亲自为格萨尔大王狮龙宫殿撰写了题为《格萨尔祈祷吉祥右旋》的祈祷文。

格桑主任说来时他曾经联系过格萨尔狮龙宫殿的僧人久扎给我们当解说,可惜他今天不在,但格桑还是给我们介绍了一些狮龙宫殿与久扎的情况:今年四十八岁的久扎是狮龙宫殿的僧人,他每天早晨 6 点半起床,洗漱完毕后坐在自己的僧舍虔诚地诵读《格萨尔祈祷文》《格萨尔上师瑜伽》。格桑说,我曾经和他交谈过,久扎每天诵经的时间超过八小时,诵经的日子,也是他与格萨尔王对话的日子,格萨尔王用他的大德庇佑着众生。在果洛境内,到处流传着关于格萨尔的传说与故事,与格萨尔有关的遗迹、遗址就有六十多处,而隶属于查朗寺的格萨尔大王狮龙宫殿始建于 1044 年,是当地著名的格萨尔文物遗迹。

"拉智觉热"与《格萨尔》在民间的传播

　　这天,我们离开狮龙宫殿时,天空突然电闪雷鸣,等我们到了县城用餐的地方,又下起了冰雹。饭店是一个云南大理来的小伙子开的,用餐时县里还特意安排了"拉智觉热"艺术团里的几个年轻人表演了《格萨尔》里的歌舞。

　　"拉智觉热"艺术团成立于 2015 年 12 月,艺术团曾先后赴玉树州参加首届格萨尔文化艺术节暨三江源水文化艺术节、果洛州第五届格萨尔文化艺术节、第二届格萨尔狮龙宫殿文化艺术节、果洛州藏历春晚等文艺巡演,一直活跃在各类文艺舞台上。那天晚间我们结识了艺术团的演员南罗,南罗已是两个孩子的父亲,他对舞蹈和音乐有着真挚的喜爱。还有今年已经二十岁的才多,才多在他六岁那年失去母亲,十四岁那年,他的父亲又去世了,他现在视艺术团为自己的家。目前,团里的演员大多是牧区低保户牧民的子女,像才多这样的孤儿就有六名。格桑主任说,县里组织"拉智觉热"艺术团从很大程度上也是为了解决一些贫困牧民家子女就业困难的问题。那天为我们演

"拉智觉热"艺术团的演唱艺人扎德（右）和他的团友在黄河边
摄影：江媛，2018 年 9 月 19 日

出的还有一位梳着马尾辫的名叫扎德的藏族小伙儿，扎德气宇非凡的仪表给
我留下了深刻的印象。

那次达日之行，我们入住的是格萨尔酒店，就像图登华旦说的，仿佛这里
的每一条小溪、每一个山包，都能和格萨尔联系起来，这里关于格萨尔的传说
实在是太多了。《安多政教史》里说："……当年格萨尔王时，曾如飞禽降落
似的驻满过霍尔军队的阿卜齐都塘，格萨尔王的住所拉降玉多，有称为格萨
尔王拴过犏牛①地方的一座小山包，其附近处，有形如牲畜的白色岩石，凸出
在青色草原之上，称为佐查梗。其上部为扎陵湖或称为察罕淖尔，阿拉淖尔

---

① 犏牛，是牦牛与黄牛第一代杂种，公黄牛和母牦牛交配所生者称"黄犏牛"，公牦牛
和母黄牛交配所生者称"牦犏牛"，体形介于两亲代之间，毛长度比黄牛长，比牦牛柔顺，比
黄牛力气大。母犏牛产乳量高，公犏牛没有生殖能力，母犏牛可以和黄牛或牦牛交配繁殖后
代。犏牛生活在我国西南地区。

或称为鄂陵湖……""从前黄河上游全部地区,在岭·格萨尔王治理之下……现在这部分地区绝大部分属于果洛地区"①。在所有《格萨尔》史诗中岭国的神山——也是格萨尔本人的寄魂山——就是雄伟壮丽的阿尼玛卿雪山;位于果洛州黄河源头地区的扎陵湖、鄂陵湖是岭国的神湖,也是岭国百姓的寄魂湖,还有十三座"则拉"(藏语意为山峰)和九座"电保"(藏语意为高山)等神山,多数在果洛境内。"格萨尔史诗中的地名同时揭示了应将英雄的地区确定在安多和黄河上游地区。"②

果洛人认为,果洛的山水养育了岭国人,果洛才是格萨尔的真正故乡。因而果洛是《格萨尔》史诗流传最广的地区之一,这里本子多、艺人多、遗迹多。从 1972 年至 1990 年在果洛地区就搜集到《征服克才周杰》《尹赛满智宗》《迈努达日宗》等三十五部《格萨尔》的手抄本,整理出《米孟银宗》《尼泊尔羊宗》等二十三部口述作品③。

藏族历史上的第一代赞布聂赤兼并青藏高原上的小邦国家和部落联盟建立雅隆王朝,相当于前二三百年至二三世纪之前中原地区的秦汉时期。分散的氏族、部落、部族和民族之间长期混战导致下层人民的颠沛流离,生活苦难。人民对强大统一国家的强烈期盼,他们呼唤着一位旷世英雄出现,渴望由这位英明的王带领他们完成疆域的统一,得到安定的生活。当这些渴望与

---

① 见《安多政教史》,(清)智观巴·贡却乎丹巴饶吉著,吴均等译,青海人民出版社 2017 年 11 月版,第 55、374 页。

② 见《西藏史诗与说唱艺人的研究》,(法)石泰安著,耿昇译,西藏人民出版社 1993 年 10 月版,第 274 页。

③ 见《果洛藏族自治州志》,果洛藏族自治州地方志编纂委员会编,民族出版社 2001 年 9 月版,第 947 页。

藏族已有的古老神话、传说、故事、诗歌等民间文学相结合之后,一部传唱千年的史诗的雏形就在"仲肯"的不断吟唱中逐渐成形。

10 世纪到 13 世纪的吐蕃王朝时期是藏族历史上十分重要的发展阶段,此间发生的一些重大事件同样成为《格萨尔》创作丰富的素材来源。《格萨尔》里描写的大大小小的近百场战争很多是以这一时期真实发生的战争为原型创作的。来自民间的说唱艺人以这些事件为题材,进行演绎,将历史的真实编进《格萨尔》的故事里,到处传唱,这便极大地充实和丰富了《格萨尔》的内容。随着吐蕃王朝军队的远征,史诗传播到了喜马拉雅山南部地区。《格萨尔》得到广泛传播,并日臻成熟和完善。

《格萨尔》在传播的过程中,主要依靠手抄本与刻本的保存和众多民间

"拉智觉热"艺术团在黄河边

摄影:墨白,2018 年 9 月 19 日

艺人一代又一代的口口相传，在长期流传、演变过程中，逐渐形成了以下三种类型：一是"卡仲"，"卡"在藏语里是"嘴"的意思，"仲"即《格萨尔》故事。"卡仲"即"嘴里讲出来的故事"，是指在民间广泛流传，由民间说唱艺人讲述的故事，这是《格萨尔》最主要的流传形式。二是"杰仲"，"杰"是"杰布"的简称，即"国王"的意思，就是"国王的故事"，在这里专指格萨尔。"杰仲"是与"卡仲"相对来讲的，具有高贵高雅的含义，是指经过文人加工整理的《格萨尔》故事。三是"曲仲"，"曲"在这里当"佛法"讲，"曲仲"即"有佛法内容的《格萨尔》故事"。

最迟在11世纪前后，随着佛教在藏族地区的复兴，一方面一些僧侣力图以自己的意志改造《格萨尔》，使之成为维护宗教地位的工具，同时上层统治阶级和贵族试图以"天神之子"格萨尔作为旗帜，号令天下，扩大自己的权势，因此他们都大力提倡、推动《格萨尔》的传播；另一方面，几百年的动荡使人民希望出现"格萨尔"似的英主，消灭地方割据势力，结束混乱局面。这些因素交织在一起，促进了《格萨尔》说唱史诗的成熟与完善。史诗在长期的流传中，继续在演变和发展，内容越来越丰富，形式越来越完善。

青海是《格萨尔》的故乡，在这片神秘、神奇、神圣的土地上，自古以来，《格萨尔》的流传版本很多。20世纪五六十年代，青海省就组织了由二百多人组成的民间文学调查团，到藏族聚居区进行大规模普查和搜集工作，收集到民间流传的《格萨尔》手抄本和刻本达二十八部七十四种之多[1]。也正因此，青海成为发掘、整理、翻译、出版和研究《格萨尔》起步最早的省（区）之

---

[1]　见《丹玛青稞宗：〈格萨尔王传〉·汉译本系列丛书之一》，高等教育出版社2011年6月版，第7页。

一。

2018 年 7 月，三百卷包含三百七十部史诗、八千余万字的英雄史诗《格萨尔王全集》藏文版校样编辑完成①。《格萨尔》作为世界文化宝库中的一颗明珠，远远超过了美索不达米亚古代的英雄史诗《吉尔伽美什》②，古希腊荷马史诗《伊利亚特》③和《奥德赛》④，印度史诗《罗摩衍那》⑤和《摩诃婆罗多》⑥世界五大著名史诗的总和，堪称世界之最，它代表着古代藏族民间文化与口头叙事艺术的最高成就，被誉为"东方的荷马史诗"。《格萨尔》作为整个人类文化遗产中之奇珍瑰宝，自 21 世纪以来更是引起国内外的广泛关注和高度重视，2009 年《格萨尔》被列入《人类非物质文化遗产代表作名录》。

2018 年 9 月 19 日上午，我们在黄河边见到了来自查朗寺的柔达之后，我们才知道，时至今日，关于《格萨尔》的创作与改编仍然在民间进行着。

---

① 《〈格萨尔王全集〉藏文版校样首次亮相》，2018 年 7 月 22 日《四川日报》第 1 版。

② 《吉尔伽美什》创作于前 1300 年到前 1100 年之间，刻写在十二块泥板上，是已知最早的文学作品之一。见《吉尔伽美什的故事》，（美）李翊云讲述，康慨译，上海人民出版社 2016 年 6 月版。

③ 《伊利亚特》（共二十四卷，15693 行）（古罗马）荷马著，罗念生译，上海人民出版社 2004 年 4 月版。

④ 《奥德赛》（共二十四卷，12110 行）（古罗马）荷马著，王焕生译，人民文学出版社 1997 年 5 月版。

⑤ 《罗摩衍那》（见《季羡林全集》第二十二至二十九卷，全本包括约 24000 对对句，分成七篇），（印度）蚁垤著，季羡林译，外语教学与研究出版社 2010 年 6 月版。

⑥ 《摩诃婆罗多》（全六卷，共有 82136 颂，译成散文近五百万言）（印度）毗耶娑著，金克木、赵国华、席必庄译，中国社会科学出版社 2005 年 12 月版。

藏戏研究者柔达

　　我们在达日县城往东的黄河南岸一个山坡上见到了柔达。那天阳光很好,河道里的风也大,柔达正在和身穿羊皮藏服的扎德、身着白色藏袍的藏族演员尕金卓玛,还有留着长长发辫的尼噶什一起在背风的山坡后面拍摄一部关于《格萨尔》的电视短片。听说他手头上有一部正在创作的关于《格萨尔》的藏戏,我就约他聊天。

　　在交流中,由于柔达使用藏语,就由他的表兄弟格桑主任给我们做翻译。柔达出生在达日县西南的上红科乡,他有三个妹妹,父亲是一名藏医;柔达七岁那年到红科寺出家,十二岁那年父亲调到达日县城,他也跟着转到了离县城最近的查朗寺。查朗寺有一个藏戏剧团,最初他在剧团编排的藏戏中饰演少年格萨尔,后来就慢慢对《格萨尔》产生了兴趣,转入对《格萨尔》的研究。从二十岁开始,柔达开始担任寺院藏戏的编剧,改编有关《格萨尔》内容的戏剧,同时也涉及音乐、服装设计等。到目前为止,已经创作、改编了有关《格萨尔》内容的大型藏戏四部,这些剧目有的是内容相关的连台戏,戏种属于北派藏戏。

柔达告诉我们,现代意义上的格萨尔藏戏缘起于北派藏戏。藏戏是一种古老的民族剧种,起源于六百多年前,自 18 世纪以后,藏戏进入了成熟期和稳态化时代。就在这一时期,产生了风格独特的甘南拉卜楞寺①的北派藏戏。北派藏戏也称安多藏戏,在表演风格、唱腔、歌舞等方面不同于南派藏戏,其艺术风格也不同于西藏、康巴等地的藏戏。剧目尤其以有说有唱、有歌有舞,又有较完整的故事情节的跳神剧为代表,跳神剧是在《米拉日巴跳神剧》的基础上吸收民间歌舞与艺术元素发展而来的。这一时期北派藏戏无论在表演艺术、唱腔、音乐、道具等方面都得到了丰富与完善,因而得到人们的喜爱。

果洛的北派藏戏所演剧目大多以《格萨尔》史诗故事为主,格萨尔藏戏源于四川省甘孜州德格县竹庆寺②,该寺历史悠久,尤以表演格萨尔藏戏闻名,因查朗寺与其相邻而受影响,格萨尔藏戏由此传入果洛。格萨尔藏戏用戏剧的形式把英雄史诗《格萨尔》里的故事搬上舞台,大致可分四大类:一是历史较长的寺院格萨尔乐舞,二是具有传统藏戏特征的格萨尔藏戏,三是马背格萨尔藏戏,四是现代格萨尔藏戏。其中达日县查朗寺格萨尔马背藏戏团的演出最具特色。历史上果洛各部族间经常会举行赛马会,为了表达对英雄格萨尔的敬意,祖辈生活在这里的百姓便以奔流不息的黄河与雄伟的巴颜喀拉、阿尼玛卿山脉为背景,用古老的藏戏,将格萨尔的英雄事迹搬上了马背,

---

① 拉卜楞寺,位于甘南州夏河县境内,始建于 1709 年。
② 竹庆寺位于四川德格县竹庆乡。

柔达（右一）与墨白（右二）
摄影：江媛，2018年9月19日，黄河边

这是格萨尔马背藏戏的源头。

柔达告诉我们，查朗寺藏戏团现有演员六十多人，遇到重大节日，或者州庆、县庆时他们都会参与演出；每当春节期间，他们的演出会在查朗寺前的广场上进行，因为对格萨尔的敬仰，许多老百姓来观看他们的演出。

和柔达分别的第二天上午，我们终于在德昂乡见到了传说中的依果老人，在随后的几天里，我们在黄河边、

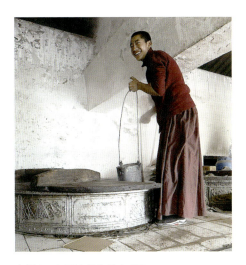

查朗寺，打酥油茶的桑杰叶西

摄影：墨白，2019 年 5 月 1 日

在德昂寺①下他家的院子里，多次听他演唱《格萨尔》。

---

① 德昂寺位于达日县东南德昂乡的察多村，距县城七十多公里，德昂寺的藏文书法为该寺一绝，书法清新流畅，气韵俊美，在果洛地区享有盛名。

说唱艺人依果

　　依果老人出生于 1949 年,他不但清楚记得 1958 年果洛地区叛乱,还记得幼年的许多往事,对最近两年刚刚经历的一些事情却记不大清楚。依果老人有一个姐姐,已经去世;依果老人有五个女儿,三个儿子,最小的儿子也结了婚,继承了他的说唱艺术。没想到,昨天我们在达日县城见到的那个帅气的小伙子扎德就是依果老人的小儿子。扎德的《格萨尔》唱得十分好,不但继承了父亲的曲调,而且有自己十分独特的唱腔,这里许多人家办红白喜事都会请他去唱,今天来给我们做翻译的乡里的年轻干部龙多坚措,去年结婚就请了扎德。

　　依果老人先前住在自家的牧场,十二年前在离乡政府沿着黄河往上两公里处德昂寺所在地察多村建房安了家。在牧区,上了年岁的老人都会选择在寺院边上建一座房子。依果老人是乡里的民事调解员,他曾经到果洛州举办的民事调解学习班学习过,至今他还保留着当年学习班学员的通讯录,他还

《格萨尔》说唱艺人依果

摄影：江媛，2018 年 9 月 21 日

有州里领导的电话，有县长的电话，有乡长的电话。他曾经是达日县第八届、第九届、第十届政协委员，曾经连续几年获得过县里的"优秀调解员"的荣誉；依果老人去过咸阳，至今他还保留着那次出行的机票。依果老人的父亲生前放牧，他本人只上过两年学，他开始接触《格萨尔》是 1965 年。依果老人用他特有的嗓音说，那时《格萨尔》的书已经出版，他最初是放牧的时候在山坡上自己唱，村里放牛的小伙伴都来听。

出了依果家，院外就是一条湍急的黄河支流，我们坐在下午西斜的阳光里，就能听到院子外哗哗的流水声。在依果家的草地上，我们坐下来聆听坐在父亲身旁的扎德为我们演唱《格萨尔》，扎德演唱时的颤音，就像院外不远处我们无法避开的黄河的水浪声，此起彼伏。在儿子演唱结束后，依果老人也忍不住为我们接着唱了起来。我知道，依果老人至今还保留着从他爷爷手里传下来的一副马鞍，他年轻时去阿坝赶牦牛队时骑马用的就是这副马鞍；

在依果老人家中,我还看到他保存的父亲传下来的黑色帐篷,现在那种黑色的用牦牛毛编织的帐篷已经很少能见到了,我们见到的多是由政府发放的能防雨的白色帐篷。在老人的家中,我还见到了母亲传给他的那个银质经筒,还有一个他自己从玛多的黄河源头带回来的野牦牛的头骨。说话间,老人又开始给我们唱起来,在院外的湍急的流水声里,在近处牦牛的"哞哞"叫声里,在不远处黄河的波涛里,老人的声音像一只无形的手,在轻轻地

墨白(左)与说唱艺人依果父子在黄河边交谈

摄影:牛红旗,2018 年 9 月 21 日,达日县德昂乡

安抚着我们的心,虽然我听不懂他唱的歌词,但我能真切地感受到他流动的情感。

依果老人四年前才学会开车,这天一早,依果老人开着他那辆白色的、前面黑色的保险杠用透明胶布捆绑着车牌号为青 F50358 的夏利车,卷着尘土赶来,和我们一起到黄河边一个挂满"风马"经幡①的滩地上演唱《格萨尔》;五彩的经幡在我们四周随风飘扬,明亮的阳光照亮了开满野花的草滩,身穿藏袍的依果庄重地在草滩上坐下来,开始给我们演唱《格萨尔》里的故事,老人最初先祈祷,接着介绍自己,然后叙述故事,他特有的声调淹没了被强烈紫外线晒得黑红的面孔,在我们的思想里飞翔。

《格萨尔》说唱作为一个曲艺品种,其艺术表演采用了群众喜闻乐见的"一曲多变"的说唱形式,唱词一般采用藏族民间流传的鲁体民歌或自由体民歌形式:每句歌词的音节数突破六个音节,在唱中穿插说白,具有鲜明的民族艺术特色。史诗中的散文部分介绍故事的内容和情节,韵文部分用来完成人物的对话和抒情,形式活泼多变。史诗里因大量运用"赞词"和"祝词"等民间说唱形式,使人物形象显得生动活泼、丰富饱满,使整个故事显得波澜壮阔、气象万千,这是对吐蕃时期散文叙述插入歌唱对话形式的继承与发展。

依果老人坐在阳光里,兴致饱满、神采飞扬地给大家表演,只见他有时微闭双眼,有时挥舞手臂,眼神所到之处似乎就是故事的现场。他先说后唱,说时语速极快,却是那样爽快清晰;唱时婉转绵长,情绪饱满。图登华旦告诉我们,语言的丰富性和准确性,是《格萨尔》语言艺术的第二个特征。《格萨尔》

---

① 藏文"风马"音"弄打",它确切的意思是说:风是一种无形的"马",用来传播运送印在祈幡上的经文远行世界。

扎德继承了父亲的衣钵，成为年轻一代《格萨尔》说唱艺人
摄影：江媛，2018 年 9 月 19 日，黄河边

的唱词既有古代藏语，又融汇了现代藏语；既有书面语言，又有经过锤炼的日常口语；既有民族共同语，又吸收了各地有生命力和表现力的方言词汇。《格萨尔》语言艺术的第三个特点，是运用了大量贴切、生动形象的比喻和凝练的谚语。藏族的民间文学，尤其是民歌，本来就有善于运用比喻的艺术传统，《格萨尔》不但继承了这一传统，而且使它发展到更高的水平；由于谚语的引用，使史诗的语言富有哲理，使人有所领悟，为《格萨尔》平添了很多回味无穷的韵味。

依果老人和关确丹增，年轻的柔达和扎德，这些来自民间的说唱艺人和藏戏热爱者，他们就是《格萨尔》史诗的直接创造者、忠实继承者和传播者。作为一部英雄史诗，《格萨尔》不仅是格萨尔王毕生的征战史，也是一部多视角、全方位反映和记录藏族古代社会生活、映照现实生活的鸿篇巨制。《格萨尔》是相关族群社区宗教信仰、本土知识、民间智慧、族群记忆、母语表达的主要载体,是唐卡、藏戏、弹唱等藏族传统民间艺术创作的灵感源泉,同时也是很多现代艺术形式的源头;《格萨尔》在其漫长的流传过程中,凝结和积淀了藏族悠久的历史和灿烂文化。它已成为了解、认识和研究藏族历史、政治、军事、宗教、语言、文学、艺术、民俗的百科全书。

在依果老人二十多岁的时候,每年的秋季他都会和村里人一起赶着牦牛往玉树去,或者往四川的阿坝去;他沿着黄河到过玛多的位于扎陵湖之南的哈姜盐场,顺着黄河往下去过甘肃的玛曲,与他同行的少时四五个人,赶着二三十头牦牛;多时二三十人,牦牛多达二三百头。他们两人一组,远远地在路途中对唱。等到了交易的地方,就卖掉带去的毛皮与黄油等奶制品,还要卖掉一部分牦牛,返回时他们会带上米面、食盐和一些日常用品。

这时,依果老人停下来用他特有的表情看着我说,到了一个地方住下来,我们就会玩一玩,晚上就会喝些酒,唱上一段《格萨尔》。有一年他们去阿坝,住在一个小店里,晚上他给几个当地老人唱《格萨尔》,那是"文革"后期,阿坝那里还不让唱,他唱了《格萨尔》故事里最经典的一段,几位老人都听哭了。第二天他们就用酒肉招待他,当地一家一户地请他去唱《格萨尔》,他一下唱了一个星期。当时,很多人被《格萨尔》里的故事感动了。依果老人说,不仅是我唱得好,故事也感人。那个时候我身上连件衬衣都没有,只穿一件羊皮袄,一双破鞋子,但那个时候我很幸福。我唱《格萨尔》是因为我热爱,因为我信。

后来乡里的赛马节上邀请他去唱,再后来乡里谁家有了红白喜事也会请他过去演唱,他最辉煌的一次是跟团到北京,然后又去了青岛,当时在二百人的团队中,他演唱了《格萨尔》,许多人给他献了哈达;在每年祭拜阿尼玛卿神山或年保玉则神山时，许多人骑着马跟着他，先煨桑，然后唱《格萨尔》祭祀神山，他后面跟着长长的队伍。

虽然依果老人没有亲自传授学生，但他演唱的曲调、旋律、风格被很多人学习，在民间流传，被民间接受。像依果老人一样，《格萨尔》说唱艺人主要生活在牧区，分散的个体的游牧生活，使他们几乎与外界隔绝，他们每日早出晚归，放牧牛羊，如此单调的生活周而复始。他们看到的是无边无际的蓝天、宽阔的草原和成群的牛羊，心中只有那原始、古朴的格萨尔故事的雄浑曲调。正因为《格萨尔》反映了人民的疾苦，表达了人民的心声，能在深受苦难的藏族人民中引起共鸣。这是《格萨尔》史诗世代相传，历久不衰的重要原因。是的，依果老人不是专门唱给谁听的，像许多藏族民间的说唱艺人一样，《格萨尔》构成了他的日常生活，他年少放牧时会因为寂寞歌唱，《格萨尔》陪伴了他成长；他长途跋涉在荒凉的路途中，是《格萨尔》陪伴着他——《格萨尔》成了他生命的一部分。

黄河边的德昂乡

依果老人的家乡位于达日县城东南七十多公里处的黄河岸边,2018 年 9 月 22 日上午,我们见到了德昂乡的乡长刚强,她告诉我们,德昂乡政府包括书记、乡长在内共有 23 名工作人员;全乡包括德昂寺里的 123 名僧人在内总共 654 户 3473 人中,几乎全是藏民,只有少数的人出外打工,大多数从事畜牧生产,因而牧民思想相对保守;2013 年,特别是 2015 年实行脱贫攻坚工作以来,这里实行了定居项目,进行危房改造、易地搬迁,冬季草场有冬窝子,夏季草场有夏窝子,房屋大多是自己建的,有 35% 是靠政府资助,全乡 630 户人家已经有了固定住所。

刚强毕业于果洛州民族师范学校,丈夫和她一样也是一位基层干部,只是在另外一个乡任职,他们家里有两个孩子,一个读高中一个读初中,都是寄宿。孩子的爷爷身体不太好,婆婆又去世早,工作加家庭,平时生活压力比较大,因此她也有迷茫的时候。

刚强告诉我说,现在乡里的主要工作是精准扶贫、维稳、生态保护。比如生态保护,把牧民分档,二、三档的牧民家都会选一个管护员,管理的范围是冬季和夏季的草场、黑土滩、河道,每个管护员都身兼数职,一个管护员每个月发 1800 元;截至 2018 年,全乡天保管护员共 63 人,草原管护员共 116 人,生态公益林管护员 40 名,湿地管护员 2 名。其实,生态保护工作就是精准扶贫工作的组成部分。

　　刚强乡长说乡里共有唐什加、莫日合、康隆 3 个行政村,9 个牧业合作社;2016 年、2017 年识别贫困户总共 180 户 786 人;从 2016 年到 2018 年脱贫 119 户 528 人,截至目前乡里还有贫困户 82 户 373 人;到 2020 年实现脱贫攻坚工作的目标还有两年时间,工作虽然压力大,但我们还是有信心。为什么

公路上雨中拥挤一团的牦牛
摄影:墨白,2019 年 5 月 5 日,德昂乡

晨雾里的牦牛
摄影:江媛,2018 年 9 月 22 日,德昂乡

有信心？从扶贫方面讲,政府的力度大,县里有 12 个行业都牵涉到精准扶贫:交通有交通的扶贫,文化有文化的扶贫,卫生有卫生的扶贫,教育有教育的扶贫,就连金融也扶贫。比如教育,国家实行九年义务教育,学生不准辍学,住宿不收费,政府有补助,一切都在做,但就是工作量大。你说,我们有的牧民光草山就八九千亩,冬季还好些,有固定地点,夏季我们的服务面积就大了。

也不光是脱贫,还有宗教工作。虽说乡里有宗教干事,县里统战部派到寺院里有指导员,但寺院里的僧人多是当地人;虽然生活也接受社会资助,但大多由自家人来供养,也算是社会供养。这就跟政府有关系了,他们的家人还是牧民,寺院里的僧人和牧民有着千丝万缕的联系。基层工作就是这样,千头万绪,很多工作都要做。不说别的,光民政上这一块我给你算一下:我们乡现有 70 岁以上高龄人员 80 名;特困供养人员 22 名;全乡残疾人 119 名,这其中包括多重残疾、精神残疾、视力残疾、听力残疾、言语残疾、肢体残疾、智力残疾,光低保人员就有 599 名。这么多低保、残疾人,工作说来就来了,比如发放物

骑马走在黄河边的藏族牧民

摄影:墨白,2018 年 9 月 21 日,达日县德昂乡

资。

2018 年 9 月 20 日，我们来到德昂乡政府时，正好碰到许多牧民来领取县民政上发放的物资：两袋米、两袋面、两袋青稞。初来那一天，我们见到乡政府院子里靠近大门停放着一片农耕机械：耕地机、播种机、收割机等，后来副乡长马明青告诉我们，那是村里合作社的，这些机械都是上海援建和县里农办资助的。这个合作社主要是种植牧草，草地大多集中在黄河边。

1987 年出生的马明青老家在甘肃，他从青海湟源畜牧学校毕业后来到这里工作，现在他主要是负责乡里的维稳工作，维稳工作主要是处理家庭纠纷，包括婚姻纠纷、财产纠纷。村里都有调解委员会，比如依果老人的大儿子根噶，就是村民组的民事调解员。

根噶一家

2018 年 9 月 21 日，我们在依果老人家见到了根噶和他的大儿子沙杰吉。后来我们和依果老人说话时，根噶去乡里的寄宿学校看小儿子。除去别的课程，小儿子在学校里要学汉语、藏语和英语三种语言；那天根噶把小儿子从学校里领出来，带他去小饭馆里吃了一顿饭，然后给他一些零花钱；后来根噶告诉我，他家就这个孩子喜欢跟着爷爷和叔叔扎德唱《格萨尔》。

根噶家后面的那条小河叫次此河，那些终日流淌的，一去不返的河水一刻不停地在他家屋后发出哗哗的声响，然后在离他家不远的地方拐了一个弯，往黄河里流去。五年前，根噶在自家的冬季牧场上建筑了固定的住所，随后每年的 7 月份，他们就要搬往离这儿有二十公里的夏季草场，在那儿待上两个半月，然后再回到冬季牧场。

根噶有两个儿子两个女儿，那天傍晚我们在根噶家见到了他的大女儿桑吉卓玛。那时桑吉卓玛正在她家草地上修理牛栏，她家门前的空地上拴着三

右起：根噶和他的大儿子沙杰吉、弟弟扎德、父亲依果

摄影：江媛，2018 年 9 月 21 日，德昂乡

只狗，一只黄色的藏狗正在褪毛，另外两条黑色的藏狗也在褪毛。桑吉卓玛告诉我说，爸爸每天都要开车去乡里，每天只有她在家里陪妈妈。桑吉卓玛长这么大走的最远的地方是四川阿坝，桑吉卓玛最高兴的时候就是星期天，哥哥回来了，弟弟和妹妹也回来了。如果有事，她就骑马沿着河谷到黄河边的一个山坡上去，因为到了那里手机才有信号。

这天傍晚，我跟着桑吉卓玛到山坡上去赶她家的牦牛回家。桑吉卓玛家的那三条藏狗汪汪叫着从坡下蹿上来，终日寂寞的狗今天终于有了表演的机会，一声接一声地对着我们汪叫。等把牦牛群赶到牛栏里，桑吉卓玛要抱着小牛喂盐巴。桑吉卓玛家一岁的小牛有十来头，每一头她都要抱着喂盐巴。桑吉卓玛抱着一头小牦牛对我说，这一头是我的最爱。她指着一头大牦牛说，这是它的妈妈，又指点着另外一头牦牛说，这是它的爸爸。最后桑吉卓玛指着一头黑色的大牦牛，我们家的牛都听它的。说话间，桑吉卓玛的母亲西措端着一个盆子从房屋里走出来,她要去给那三只汪汪叫的狗送吃的。

西措每天天不亮就起床,生火烧水,到牛栏里挤完奶后回屋开始做早饭——曲拉、奶酪、酸奶,煮酥油茶。然后把丈夫和孩子们都喊起来吃饭。等丈夫吃过饭开车去乡里,女儿也把栏里的牦牛赶到山坡上去吃草,西措就去栏里收拾牛粪。冬天的时候,要用后半夜还没有冻着的牛粪把前半夜冻住的牛粪粘到牛粪墙上,等到下大雪或者夏季里阴雨连绵的日子,西措就要去牛粪墙下掏干的牛粪,用作做饭的燃料;西措告诉我说,家里用来烧牛粪的生铁炉子,是丈夫和儿子从达日县城花去一千四百元买来的。

在果洛牧区,牛粪墙对一个牧民家庭十分重要,晾干的牛粪是家里生火做饭的主要燃料;牛粪墙同时还是牛圈,冬天牦牛用它来躲避风雪,夜里还可以用它来防狼。在牧民的家中,只要看他家的牛粪墙又高大又长,这户人家

根嘎家祖传的马鞍
摄影:墨白,2018 年 9 月 21 日

的日子一定过得富裕。而这象征着富裕的牛粪墙都是牧民家的女主人一日接一日用双手打起来的。等清理完牛栏里的牛粪，西措就和女儿回到屋里开始把新鲜的牛奶放到电动牛奶分离器里，从里面分离出酥油来，剩下的就做成曲拉。西措告诉我说，以前分离酥油使用的是手摇的分离器，现在电动的方便多了。家里的电视机和洗衣机这些电器使用的都是太阳能。在次此河边，我看到西措家的洗衣机放在露天的河边，由于地面不平，洗衣机的一边是根噶用两个石块垫起来的。因为没有自来水管道，西措家吃水都是去河里提，每次用洗衣机洗衣服，都是西措或者女儿用水桶从次此河里提水先倒进洗衣机中，然后再开机使用。当然，家里做的酸奶要使用没有分离出酥油的新鲜牛奶。

给牦牛挤奶是一项十分烦琐的工作，要先给第一年新下奶的母牛挤奶，

根噶家祖传的羊皮筏子
摄影：墨白，2018 年 9 月 21 日

因为第一年下奶的母牛奶量大,依次是下了两年的母牛,再次是下了三年的母牛;西措每天都是这样,先要把圈里下奶的母牛一头一头地伺候好,然后才回到屋里做饭。等有闲空时,西措也会看一看手机,但看手机也是白看,因为家里没信号。如果想给娘家人通话,就要随丈夫或者儿子到乡里或寺院里去。西措的父母都过世了,如果她想和娘家的亲人见面,也多是先跟亲人约好时间,双方再从不同的方向赶到寺院去。

根嘎最初花了五千多元买的那辆摩托车现已经不能骑了,它整日躺在次此河边的草地上,听着次此河的水从身边流过,或者偶尔听到主人家的藏狗轮换着在长满了星星的夜空里发出的汪叫;其实,并没有人从他家牛栏门前的土路上走过,那是风走过低矮的灌木丛,或是一只鼠兔从地洞里爬出来惊动了那些狗。

2019 年 5 月 4 日的傍晚,我们再次来到依果老人的大儿子根嘎家里,像父亲一样,根嘎在第二牧委会第三小队做了十多年的调解员,有时还组织牧民参加一些活动,比如去神山下煨桑。根嘎的大儿子沙杰吉今年二十岁,已经谈好了女朋友,所以在今年的夏季,根嘎和家人要在次此河边的冬季牧场里把沙杰吉的新房盖好;到了秋季,等牦牛从夏季草场转回时,儿子就要把新娘达分西科婆回家来了。女儿桑吉卓玛比哥哥小两岁,这天赶巧她的男朋友也来了,桑吉卓玛也计划今年秋天出嫁。

因为给大儿子盖新房,根嘎家要花去二十万元左右,结婚的费用也有近十万元;根嘎家养有六十头牦牛,因儿子结婚后要分出去一些,女儿出嫁时也要陪送一些,虽然亲朋好友在儿子和女儿结婚时会送一些牦牛作为贺礼,但根嘎还是感到生活有压力。

桑吉卓玛和母亲西措在家中

摄影：江媛，2019 年 5 月 4 日，德昂乡

2018 年 9 月 21 日的傍晚，我跟着桑吉卓玛去山坡上赶牦牛，一出门她看着我说，我漂亮吗？说完她那被紫外线改变了肤色的面孔上呈现出了羞涩的模样。我的心一下被这个十七岁少女的问话刺疼了。我说，你很漂亮……那一刻我转过身去，泪眼蒙眬，沿着遍布黑色牦牛和白色毡帐的次此河草黄色的山谷望去，在宝石蓝色的天空下，我隐隐听到在巴颜喀拉山脉和阿尼玛卿山脉夹峙下奔腾不息的黄河穿越崇山峻岭时的吟唱。

亚洲"水塔"

　　2018 年 9 月与 2019 年 5 月,我们以达日县城为起点,多次沿着黄河行走,往上到玛多境内的三江源核心区,或往下过甘德县的夏日乎寺至久治县门堂境内的黄河谷地,沿黄河一线行程近四百公里。路途中,在两岸巴颜喀拉与阿尼玛卿连绵的山脉里,有着众多的支流像毛细血管一样注入黄河,使黄河的气势越来越大。

　　作为三江源地区野生动物的摄影家,图登华旦告诉我们,他几乎走过这里的每一条沟,走过这里的每一道山梁。三江源位于青藏高原腹地的青海省南部,平均海拔 3500～4800 米,境内可可西里山及唐古拉山脉横贯其间,这些山海拔普遍在 5000～6000 米,高大山脉的雪线以上冰川广布、河流密布、湖泊沼泽众多,是世界上海拔最高、面积最大、湿地类型最丰富的地区,而且这里的地下水资源蕴藏量大,因而成为我国乃至亚洲的重要水源地,素有亚洲"水塔"之誉。

三江源区河流主要分为外流河和内流河两大类,有大小河流约一百八十多条,外流河主要是通天河①、澜沧江②、黄河③三大水系,支流有雅砻江、当曲、孜曲、结曲等大小河川。黄河源头的约古宗列曲与卡日曲汇合后,形成黄河源头最初的河道——玛曲。玛曲,当地藏族群众叫孔雀河。这一段河道,河宽水浅,流速缓慢,因而形成大片沼泽草滩和众多的水泊。登高远眺,只见数不清的水泊在阳光下闪闪发亮,犹如孔雀开屏一般。玛曲向东流过十七公里长的河谷进入著名的星宿海。星宿海,在历史上曾被用来表示整个黄河源头地区,实际上可以说是黄河出山东行后第一个加油站。另外,扎陵湖和东边与它相距不远的鄂陵湖,是河源地区最大的湖泊。图登华旦说,夏季这里

――――――――――――

①　长江源位于青海省西南部的玉树,也即通天河的几个源头:北源楚玛尔河、正源沱沱河、南源当曲。　沱沱河的最上源有东、西二支,东支发源于唐古拉山主峰海拔6621米的各拉丹冬雪山的西南侧的差根迪如雪山下的冰川,西支源于海拔6513米尕恰迪如岗雪山的西侧,因此,冰川融水就成为长江最初的水源。　东西两支汇合后称纳欣曲,下行二十四千米左右与右岸的切苏美曲汇合后始称沱沱河。　沱沱河由南向北流,切穿祖尔肯乌拉山至葫芦湖南侧,接纳波陇曲后,一直向东流至当曲汇合口,全长358千米。　河流流经青藏高原浅丘区,两岸地势平坦,河道弯曲,河谷宽浅,水流缓慢。　主要支流有扎木曲、斜日贡尼曲、岗饮陇巴曲等。　长江源区面积15.9万平方公里,占三江源地区总面积的百分之四十四。

②　澜沧江源出青海省玉树藏族自治州杂多县西北,吉富山麓扎阿曲的谷涌曲北面海拔5552米的"吉富山"下。　澜沧江藏语拉楚,意为"獐子河",它是世界第七长河、亚洲第三长河,东南亚第一长河。　主干流总长度4909千米,其中国内长2139千米,澜沧江流经青海、西藏和云南三省,在云南省西双版纳傣族自治州勐腊县出境成为老挝和缅甸的界河,在我国境外部分被称为湄公河。　湄公河流经老挝、缅甸、泰国、柬埔寨和越南,于越南胡志明市流入中国南海。　澜沧江源区面积3.7万平方公里,占三江源地区总面积的百分之十。

③　黄河源头位于青海玉树州麻莱县的腹地,一为扎曲,二为约古宗列曲,三是卡日曲。扎曲流程最短,水量又小,一年之中大部分时间干涸,只能算作约古宗列曲的一条支流。　约古宗列藏语的意思为"炒青稞的锅",这里仅有一个泉眼,是一个东西长四十公里、南北宽约六十公里的椭圆形盆地,内有一百多个小水泊,似繁星点点,又似晶莹的粒粒珍珠;卡日曲的藏语意为红铜色的河,发源于巴颜喀拉山北麓的各姿各雅山,各姿各雅山海拔4830米,以五个泉眼开始,在旱季也不干涸,较约古宗列曲长近三十公里,流域面积多七百平方公里,水量也大二倍多,为黄河正源。　黄河源区面积16.7万平方公里,占三江源地区总面积的百分之四十六。

白唇鹿

摄影:图登华旦

湖水碧蓝,湖里的鱼类有十几种,我曾在 20 世纪 80 年代的果洛刊物《白唇鹿》上见到一张图片,一个小伙子捕了一条和他差不多长的鱼,那小伙子身高至少也有一米七;夏季里你往湖边一站,鱼群就拥过来了,你蹲在湖边,手往水里一伸,五个手指都会被鱼咬上。

三江源的野生物种,无论是水里游的、地上跑的,还是空中飞的,图登华旦都拍到过。他告诉我,他还拍过雪豹。雪豹? 对,雪豹。图登华旦说,雪豹是雪山之王,不太容易拍到,十几年之中我只遇到过两次:一次天快黑了,一次是它卧在黑洞里;在玛多,有一次一个老乡告诉我,他遇到过一只躺在雪地上的雪豹,他看到那只雪豹走起路来摇摇晃晃的,在雪豹的身边还有一只岩羊,看着雪豹走路的架势他就明白了,原来这只雪豹是醉了,不是喝酒醉了,是喝了血之后醉的,是醉血。那只雪豹刚杀死了一只岩羊,它不先吃肉,它先喝血,等把热血喝完,那只雪豹就醉了,血醉。真是太神奇了……图登华旦感叹道,没让我赶上,如果让我赶上,我肯定会远远地躲着,把那只雪豹拍个遍,拍它怎么从雪地站起来,拍它怎么去吃岩羊,拍它怎么慢慢地离开。

图登华旦说,其实动物是很好相处的,特别是狼。有一次我拍狼的时候,为了拍到好的图像,就躺着拍;最初那狼还以为这是要袭击它,它就跑开了。看我没动静,它又慢慢地回来,在离我七八米的地方看我,然后慢慢地在地上卧下来。如果你没伤害它,它就把你视为朋友。万物有灵,在你生命里每遇到一种有灵性的物种,那都是缘分,比如雪豹。雪豹是真好看,不知今后还能不能拍到,雪豹是真的不好拍,主要是它在夜间行动,白天它卧着不动,到了晚上才出来,你想拍它,只有早起晚归,我希望它也能有违反自己生活规律的时候。你知道,有时一个物种在它不应该出现的地理环境里,是很珍贵的。比如,在沙漠里拍到藏羚羊,因为藏羚羊一般是不在沙漠活动的,沙漠没有吃的,也没有水喝;比如,在雪天里拍到旱獭,因为它是冬眠动物。所以能拍到雪豹的机会就很少,但我知道去哪儿能找到雪豹。去哪儿能找到雪豹呢?图登华旦看我一眼就嘿嘿地笑了,想找到雪豹,就得知道哪里有岩羊。岩羊?对,岩羊。也就是一瞬间,我就明白了他的意思:食物链。

藏原羚
摄影:图登华旦

　　上面这话是 2018 年 9 月 22 日下午我们沿着黄河从达日的德昂乡往夏日乎寺①去的路上说的。图登华旦说,今天我带你们近距离去看一看野生动物。这动物,他说的就是岩羊。

　　我们从德昂乡出发沿着黄河往下走六十公里,就到了多里多卡,这里的河床狭窄,水流从下面的黄河里咆哮而过,一条显然因桥梁而被废弃的旧渡船在湍急的水流里心情焦虑地来回摇摆着,架在两岸之间的桥梁上扯满了五彩的经幡。

　　我们过了桥,就到了甘德的地界。站在桥头,你会感受到风的悍烈,在悍烈的河风里你抬起头来,就会看到多里多卡石经墙,这道果洛地区最长的橘黄色的石经墙长一千三百多米,宽三米,高三米,是由上亿块刻有经文的石板堆积而成的,距今已有四百多年历史。在石经墙右首的山坡上,就是著名的

----

　　① 夏日乎寺位于甘德县东南七十公里的岗龙乡黄河岸边的隆木且沟口,三面环山,一面临水。

多里多卡天葬场①。我们的车沿着黄河北岸继续往东,路途中,身边的河道渐渐地恢复平缓,可河床里的水流却依旧湍急,阳光下看上去平缓的水面下却是暗流漩涡,有着巨大的下吸引力,如果你一旦下到河流里,想重新回到岸上会很困难。当年,那支著名的黄河漂流队就是从这样的水流里漂下去的,那个时候,这段的黄河两岸还没有现在我们所走的公路。

今天和我们同行的还有一个名叫根噶桑的藏族小伙子,刚才路过多里多卡的时候我们还遇到了他骑着摩托车去甘德县城办事的父亲。在路途中,根噶桑发现了黄河对岸的山梁上有野生动物,我们就停下车,用望远镜观看,发现那是几只白唇鹿。路途中,我们不时地遇到野生动物或飞禽,最初是一只捕着一只高原鼠兔的大鵟,随后就是有着沙褐色羽毛的地山雀,有着棕红色羽毛的红隼,有着黑色羽毛的渡鸦,有着栗红色额头的百灵鸟,嘴、脚呈红色的红嘴山鸦,有着黑色飞羽的高山兀鹫,还有羽毛通体黑褐色的秃鹫。图登华旦可以说是一位高原动物学家,在路途中,我们每看到一种野生飞禽,他对它的种类与生活习性都了如指掌。他能从这些鸟类、动物的身上看出它们的表情,能看出它们的孤独、兴奋与痛苦来。图登华旦指着一只在空中滑翔的有着黑褐色羽毛的猛禽说,这是一只胡兀鹫,这家伙的眼睛特别好看,而且非常有智慧,它能把骨头叼到空中然后准确地抛向下面的岩石打碎后再食用,你们看,它飞翔的姿势多么优美。

是的,在近处和远处开满了白色和蓝色的邦吉梅朵的黄河谷地里,我们

---

① 多里多卡天葬场位于甘德县下贡麻乡的直卡的山坡上,距县治约四十公里,面临黄河。

还看到了两只在天空中翱翔的鹰,在那鹰飞翔的天空下面,就是我们今天要到达的夏日乎寺。夏日乎寺背靠班玛仁脱山,图登华旦告诉我们,这里有白唇鹿、马鹿、马麝、赤狐、雪豹、藏原羚等十几种动物,其中岩羊最多,山上栖息的岩羊有五千多只。

由于缺少食物,每年 10 月至次年 5 月草原牧草枯黄的日子,是小岩羊最难熬的季节,每逢这个时候,寺院里的僧人会上山给小羊们喂颗粒饲料等食物。每年这个时候,当地森林公安局会送来食草;青海省林业部门筹措资金,在寺院内的空地上修建了约五十平方米的野生动物救护中心。夏季,班玛仁脱雪山有着一望无际的丰美草场,当地牧民的牛羊都会被赶到这里来。为了尽可能让山上的藏原羚和岩羊多吃点草,寺院就给附近的牧民做工作,让山

黄河北岸的多里多卡石经墙
摄影:墨白,2018 年 9 月 22 日,甘德县

上的近千头牦牛转场。岩羊生性警惕,朝夕相处的日子让岩羊和寺院里的僧侣成了朋友,如今它们看见穿着绛红色服装的僧人靠近,也不会惊慌。由于当地牧民和寺院僧侣采取盟誓禁猎等一系列的保护措施,加大了动物的保护力度,使当地的野生动物得到有效保护,来这里栖息的动物数量逐年增加。每年春夏之交,成群的岩羊下山与人共处,人与自然和谐相处的局面正在形成。

图登华旦告诉我们,德昂乡唐什加牧委会的十几个牧民自发地组织了一个野生动物摄影协会,他就组织他们到省里办了一个摄影学习班,他们自发地保护黄河沿岸的野生动物,特别是濒临灭绝的野生动物,比如马麝;因为马麝的药用价值特别高,前些年一头马麝就价值一万多元,现在能卖到三万多元,所以来捕杀它的人就多。现在这里的马麝渐渐地多起来了,前些天我在一条沟里就见到了四头。前些日子,他们还拍到了被称作鸟类中的大熊猫的藏鹀。以前有一个外国人曾经在喜马拉雅山拍到过藏鹀,五十多年过去了再没有人发现过它,说是灭绝了,但现在被牧民的野生动物摄影协会的会员们拍到了。

安多藏区的康巴汉子

　　2019 年 5 月 3 日上午,我和图登华旦、江媛,还有旦正,开车离开特合土乡,前往三江源保护区的岗纳格玛措。我们沿着黄河往西北方向的玛多走,途中拐向柯曲河,过河之后又折回到黄河岸边时,遇到一家赶牦牛转场的牧民。那些牦牛和我们一起慢步同行。

　　前面我们已经说过,果洛境内的游牧民都有三个草场:每年 5 月,也就是眼下这个季节,是要从冬季牧场转到夏季牧场;而 2018 年 9 月我们来这里的时候,正好赶上从夏季牧场转到秋季牧场的时节,所以,我们不止一次地在路途中看到有牧民赶着成群的牦牛和我们同行,就像现在我们遇到的情景一样。我们的车子在成群的黑色牦牛群里慢慢地走着,有无数纷乱的牛角在空中晃动。牦牛们一边走一边相互挤撞,气息从它们的鼻孔里吸进又呼出,发出唏唏的声响。图登华旦一边开车一边吹着哨子驱赶贴近车身的牦牛,一边给我们做翻译。

特合土转经人

摄影:江媛,2019 年 5 月 3 日

    在果洛和藏族同胞交流最大的困难就是语言,幸好我们有图登华旦。藏语拼音文字来源于印度的一种文字体系,传为 7 世纪时藏王松赞干布手下的大臣图弥三菩札仿效梵文创制,当然,这与印度佛教文化在西藏的传播有关。

    2018 年 9 月 22 日,在德昂乡政府,我们见到了德昂洒智书法的第九代传人桑格达杰。桑格达杰 1972 年出生在德昂乡,他在达日的东阳寺修习。桑格达杰十六岁进入东阳寺,二十二岁开始拜德昂寺德昂洒智书法第八代传人查·班玛智巴练习藏文书法。德昂洒智因起源于果洛州达日县德昂乡而得名,2008 年被选入国家级非物质文化遗产名录。在练习藏文书法的同时,桑格达杰开始研究藏纸、藏墨、藏笔的制作工艺:德昂洒智制笔工艺独特,通过劈、削、刻、发酵、油浸、熏烤等工艺流程,以达到书写流畅、刚柔适度、经久耐用的效果;墨以当地矿物质和植物为原料,经研磨、烧制、调和等工序制作而成,能在水中浸泡数年也不掉色、不走墨。纸则采集当地植物,经剁、切、煮、刮模、定型等工艺制作而成。那天,桑格达杰从他随身携带的箱子里取出书写工具,书写书法作品赠给我们留念。

图登华旦说,在整个青藏高原藏区①的语言里,他不敢保证都能听得懂,但在卫藏、康巴、安多三大藏区②里,无论走多远,他都能基本听懂其语言,并且能日常交流。"若按三大藏区的划分来说,则自阿里的贡塘至索拉夹窝山以上之区域,被称为卫藏法区③;自黄河河湾以上的区域,被称为多朵人区(康)④;自汉地白塔寺以上的区域,则被称为安多马区⑤",其意为卫藏是佛法兴盛之地,康区的人长得高大英俊,而安多是产宝马的地方。这种概括,已不单纯是一种地理概念,而是给地域赋予了一种文化的内涵,即三区的划分是以文化特性为依据的。

"自通天河之色吾河谷,北逾巴颜喀拉山,其东麓有阿庆冈嘉雪山与多拉山,据说将这两座山峰之名的首字合并起来,就将自此以下的区域称为'安多'。"由于安多藏区位于青藏高原东北部,是全部藏族分布区的边缘地带,自古以来就与东边的汉文化和北方的阿尔泰文化联系密切。历史上这里也是多民族聚居的地方,匈奴、吐谷浑、吐蕃、蒙古、土、回、撒拉等族的先民们,在历史的变迁中相互融合与交流,逐步形成了今天独特的安多文化。安多是宗日文化和卡约文化的故乡,也是汉文史籍中诸羌文化的中心;这里名

---

① 藏区即指西藏自治区、云南省、四川省、青海省、甘肃省等地的藏民活动区域;在国际上,藏区同时包括喜马拉雅山脉南麓的不丹王国和印度的锡金邦。

② 三大藏区的划分在元代就已出现了,并被概括为:卫藏法区,康巴人区,安多马区。

③ 卫藏区是指西藏拉萨、日喀则一带。

④ 康巴藏区指的是西藏的昌都和四川的甘孜州、青海的玉树州、云南的迪庆州一带。

⑤ 安多藏区指的是青海除玉树以外的其他藏族地区和甘肃甘南州,四川阿坝州的一部分。

人辈出,曾经涌现出了像宗喀巴、更敦群培、十世班禅大师等学术大师和高僧;最权威的藏传佛学院拉卜楞寺就位于甘肃甘南州,全球闻名的可可西里、藏北羌塘无人区位于这里,久负盛名的热贡唐卡艺术是在这片土地孕育的。

安多地区有广阔无垠的大草原:黄河上游的草原、环青海湖草原,都是优良的天然牧场,藏族地区最丰美的草原均在安多。草原为藏族游牧民提供了生存空间,并相应地产生了高原游牧文化。这里产生了适宜于高海拔地带的生活方式,这里的人民积累了丰富而实用的高原生存经验。

图登华旦说,藏语分卫藏、康巴、安多三种方言,卫藏和康巴方言语音比较接近,与安多方言差别较大;藏语的方言差别主要表现在语音以及词汇上,安多方言语音差别突出的是复辅音声母。图登华旦给我打了一个比方,粤语和闽南语都是汉语,但他如果用方言跟你交流,那就存在着一些困难。同样,藏语的三大语系里也有许多方言,如果遇到使用方言的人,就很难沟通。但这方面我没有障碍。你说安多语、康巴语我都能听得懂,也能交流,对我来说卫藏语系虽然交流上有一些困难,但也能听得懂,所以我走遍藏区,在交流上没有多少问题。

有时候,图登华旦不高兴,他就开始用藏语跟身边的同胞交流,他们说藏语,我们就一句也听不懂了,但从他的语气里,我能真切地感受到他情绪的流动。前面我们说过,图登华旦的祖籍是四川甘孜州石渠县,在图登华旦的身上有着康巴藏族的血统,我称他"康巴汉子",他也微笑着点头默认。图登华旦说,达日虽然属于安多藏区,但因为距离四川比较近,像上红科、下红科的人如果到这边来,赶牛骑马要走上好几天,他们往四川甘孜走一天就到了,所以他们赶集、买卖都到甘孜去,这样达日无论在语言上、生活方式上、服饰上都更接近康藏。

后来图登华旦告诉我说,"康巴汉子"这个外号就是内地摄影界的朋友给他起的,果洛的朋友也给他起了一个外号——"疯子"。在图登华旦身上,康巴汉子的性格——豪爽、重情重义、爱开玩笑、温暖会不时体现出来。在这高原,你总觉得他就是你的"靠山"。这天,我们跟着我们的"靠山",在路过玛多县境内最大的寺院和科寺后,逐渐接近我在梦中已经到过的高原湖泊岗纳格玛措。

果洛草原上的雪

因受地列山和狼青卡欧山约束,黄河河道在这里突然变狭,河水下泄不畅,泛滥后在河漫滩低凹地积水成湖。滨湖西部黄河分汊河道入湖口,堆积了大量泥沙,在玛多县黄河乡境内形成三角洲泛滥平原,发育出大片沼泽和河间积水洼地,并向湖体延伸,形成了岗纳格玛措与日格错两个湖泊,尽管在枯水期,湖水回流黄河,但整个湖面仍然呈深蓝色。果洛淡水湖泊众多,有较大湖泊一百多个,占青海省湖泊总数的百分之三十七以上。总计湖面 1673.8 平方公里,而风景优美、资源丰富的岗纳格玛措就是其一处重要的湿地。

我们站在鹅黄色的草甸上,看到有成群的、黑压压的、无数的我叫不上名字的鸟栖息在湖边的浅水区里,不知是什么惊动了它们,鸟群从湖水中起飞,翅膀拍打湖水的声音持续地响个不停,那群鸟在低空里形成了一个庞大的黑色的移动云带,而在那条移动的黑色云带下面,是一群正在悠闲地吃草的野生藏原羚。在湖对岸延绵的山峦的顶端,是一条白色的雪峰,而在雪峰的上

野牦牛

摄影：图登华旦

面，则是蓝色的天空；在蓝色的天空里，斜挂着长长的絮
状云丝，一条又一条，无尽而柔美。在湖里，有更大的鸟
从湖边的岛屿上飞起来，是斑头雁？或者是赤麻鸭？就
我有限的见识，我无法准确地说出它们的名来；如果我去
请教身边的图登华旦，他会毫不犹豫地准确告诉我那是
什么鸟；在我看来，在三江源地区栖居的所有的野禽，包
括黑颈鹤、斑头雁、棕头鸥，包括藏雪鸡、白马鸡、高原山
鹑、大杜鹃、岩鸽、斑鸠、鸬鹚、戴胜、大嘴乌鸦、红嘴山鸦
等，只要从他眼前飞过，他准能一眼就认出来。图登华旦
说，像鹤、雁、天鹅这些都是候鸟，而猛禽，像高山兀鹫、秃

鹭、雕鸮则都是留鸟。

我说你或许不信,像盘羊、岩羊、羚羊、猞猁、旱獭、水獭、艾虎、狗獾、棕熊、麝、狍鹿、猕猴、藏野驴、雪豹、毛冠鹿、水鹿、白唇鹿等生活在青藏高原上的野生动物,都是图登华旦的朋友,就连从野地里钻出来一只高原鼠兔,都能让他兴奋得不得了。图登华旦的足迹遍布青藏高原的许多地方,比如距达日九百多公里的可可西里,他常常一天就可以到达。前些时候三江源保护区要出《三江源野生动物图录》,在中国社会科学院(西北生物研究所)给出的二百八十多种野生动物和野禽的名录中,他自己就提供了其中一百三十多种的图片。而在这二百八十多种野生动物中,图登华旦拍到过其中的二百多种,占了全部的百分之八十。

2018年9月,我们离开的时候,图登华旦本想带我们去同样位于玛多境内的冬给措纳湖,他告诉我说,这个湖不知谁搞的,竟然没有划进三江源自然保护区内;没划进去就有人去开发,一开发就破坏了原生态,那个地方有雪山、湖泊、雅丹地貌,特别好看。2019年央视春节晚会用了两张青海的背景图,一张就是冬给措纳湖,还有一张是阿尼玛卿雪山。后来我才知道,这两张背景图都是图登华旦的摄影作品。

现在,我们所在的地方,或许是黄河的另一个源头。图登华旦说,在藏族民间,有阿尼玛卿雪山是黄河源的说法,因为阿尼玛卿是藏族人民心中的神山,藏传佛教里认为阿尼玛卿已经通过自身的修行成了佛,他是格萨尔的保护神。这个,在意识里,我相信。在我们准备离开岗纳格玛措的时候,在身后的山坡上,我们发现了一只狼,一只黑色处于孤独之中的狼。为了拍摄到这只狼,我们开着车跟了它几个山坡,最终,那只狼消失在了离我们更远的山梁后面。

在返回的途中，有一群高山兀鹫在我们左首的山坡上飞起飞落，图登华旦告诉我们，那里一定有死牦牛。这时，天空里悠悠地下起雪花来。在1934年那次探险一般的旅行中，庄学本他们的伙食箱失窃，这使一行人此后几乎两个月，没吃到盐。庄学本在日记中写道："途中尽是幕天生活、与禽兽为伍，跨过很高的雪峰，涉过广阔的河流，一路发现的奇事很多。"果洛的雪季开始很早。这年八月中秋节时，庄学本一行人在路上就遇到了大雪，此后一场场大雪连着催他离开果洛。其实，果洛的雪季不但来得早，而且结束得晚，2019年5月3日，我们离开岗纳格玛措后，天就开始下起了雪。

从果洛州久治县门堂乡看到的黄河
摄影：墨白，2019年5月6日

一看天上飘起了雪花,图登华旦就兴奋起来。在广阔的草甸上,在远处的山峦之下,在有牦牛群的更深处,我们看到了成群的藏野驴。我们的车在途中停下来,图登华旦开始工作,他拍摄时身子往后仰着,那架硕大的相机架在前端摇下了玻璃的车门上,后面架在他的身体上,他在努力地往后仰着身子,屏住气,仿佛用尽了丹田之气,一边嘴里还念念有词,我怎么这么喜欢雪呢?在工作时他是那样专注,面对荒原上那群在纷纷扬扬的大雪中吃草的藏野驴,他是那样忘我。

后来图登华旦给我讲了一个故事:我听说有一个东北的朋友在拍雪景时,把手指冻伤给截掉了。这怎么可能呢?我当时怎么也想不通。有一次,初冬的时候,下了一场暴雪,那时我就住在特合土乡,一看下雪,我就在乡政府里带了一些手抓肉,又在外边的铺子里买了一些罐头,有吃的就行,赶快走。那天下午,走着走着,碰到一群藏羚羊,当时风雪又特别大,可我哪里还管得了这些?就下去拍,拍呀拍呀,还讲什么冷不冷。可等到晚上回来看图片时,看着看着,就感觉到手指针扎似的疼,当天晚上就发烧,过了几天,手指都黑了。万幸的是手指上的黑皮慢慢地蜕下来,渐渐地好了。我这才知道,当初那个人说的手指冻住给截肢是真的,因为当时太兴奋,连自己的手指冻住了都不知道。

图登华旦说,为了拍摄,他得过三次雪盲症。雪盲太痛苦了,两只眼睛一睁,就撕心裂肺地疼,你根本睁不开眼,就像针刺似的,睁开眼就流泪,闭上眼睛好一些,可是你路走不成。雪盲就是在雪地上时间长了,当时没有戴墨镜、雪盲镜,有时也叫墨镜。如果墨镜不太好的话,就不起作用,最糟糕的一次是在格拉丹冬雪山,两辆车进去,其中三个人雪盲,等撤到唐古拉山乡时三个人痛苦得都快死了;等回到西宁,赶紧吃止痛药,吃退烧药。第一次得雪盲症后,第二次就容易得,第三次就更容易得,习惯性。我心里也知道,可是一拍起片子来就激动,一不留神就会得。等你感觉到就来不及了。但有一个土办法,找到正处于哺乳期的妇女,用奶水点一下眼睛,第二天就好了。有一次在雪地里拍,白天没事,晚上眼睛就疼了起来,回到住地,吃点止痛药,在这个乡镇上正好有一个妇女在哺乳期。当初人家还不给,羞得很。母乳是最好的,挤一点,点上,过两个小时就好多了,第二天就模模糊糊能看见一些东西,看见就好了。母乳治雪盲,速效。

我还有一次低血糖。低血糖时,人光出虚汗,走不动。那次是去拍阿尼玛卿雪山,平常我翻山越岭都会带一些糖果或饮料,牛奶里带糖那种。那天本来车上是有的,但走得急,给忘了,走到半道时感觉还可以,我知道自己有这种病,可当时有一种侥幸心理,想着没事吧。可等回来时,低血糖,走不动了,而且离停车的地方很远;我们在海拔五千米以上,拍阿尼玛卿雪山,徒步走上去,然后徒步走下来,来回四个多小时,好在那天我有徒弟跟着,我这条命就是他给的。那天他太累了,他也没有吃东西,一边还要背着两个相机、一个三脚架、一个摄影包,还半拖着我。我们就一直这样走,天色渐渐地黑下来,这时山下的人找上来了,打着手电,喊着。我不是跟你说过,朋友送我一个外号叫"疯子"吗,确实是这样,一遇到野生动物,我就会不知不觉地跟上去,有时翻过几个山头,也不觉得,体力好时,也不管这些,别的都给忘记了,可是越走越远。

就像现在,在大雪纷飞的回途中,他忘记了一切,嘴里一边嘟囔着,手里的相机不停地"啪啪"响着,雪花不时地从车窗里飞进来。是的,就像刚

雪后
摄影：图登华旦，2019 年 5 月 6 日，达日

才我在前面说过的，果洛的雪不但来得早，而且结束得晚。2019 年 5 月 6 日一大早，当我起身站在格萨尔酒店的窗前朝外观望时，被一场突如其来的更大的雪给惊呆了。在我的视线里，整个达日县城都被染成了纯洁的白色，就连站在远处山坡上骑着战马的格萨尔也被大雪覆盖了。

图登华旦说，下大雪的时候，那些食草的野生动物，比如藏羚羊，它并不是太怕冷，但它会因为吃不上草饿死；对那些食肉动物，比如狼、雪豹，雪天倒是最好的季节，因为它们不怎么费力就能吃到饿死的动物。

这就是丛林规则，世界历来如此。那好吧，在这大雪纷飞的日子，就让我们整理好行装继续前行吧。在旅途中，在我们的目光所及之处，都被白茫茫的大雪所覆盖；我们所看到的，只有散布在雪地上不停走动着的黑色牦牛，还有尾随其后的主人。

2020 年 1 月 8 日草成

2020 年 2 月 2 日改定

音乐唤醒的旅程

的

旅程

——关于音乐与小说的通信

2020 年 6 月 8 日

刘一帆①（上午 10 时 52 分）：

墨白老师，您好，不好意思又打扰您。最近一直在读您的作品、研究论文和采访，老师的阅读量和观影量极其丰富，我发现很多的角度大家都有发掘，目前我在着手写作关于您的论文，想通过音乐、绘画等艺术角度及美学层面分析您的作品，电影、戏剧等元素我都有所考虑。现在我有一些问题想请教您：在一次接受访谈时，您曾经提到蓝调音乐启发了您的创作，我也在某些篇章中看到了复调色彩。那么，还有其他音乐形式与您的创作发生关联吗？通过阅读您的作品，我发现您的作品与交响乐也有相似性，比如其民间性、现代性、多种管弦乐队产生的情感与想象等。您是否有这种意识呢？有没有哪种风格、哪位作曲家是您所偏好的呢？您平时有听音乐的习惯吗？如果有，偏向于哪种类型呢？

---

① 河南大学研究生院研究生。

2020 年 6 月 10 日

墨白(晚上 6 时 23 分)：

一帆,别急啊,等我回复。

刘一帆(晚上 6 时 56 分)：

没事没事,老师,我也只是写的时候想到了就直接问您了,也很突然。您太认真了,没事,您尽管忙,等有时间再回复,我不急的。

当时发给您问题是因为不太确定您本人对交响乐及其他音乐形式的喜好,不敢贸然评论,否则怕有些生硬。但是有一些比较明显的就直接写了,比如我认为印象派和表现主义与您的观念及叙事是比较贴切的,从 19 世纪末到 20 世纪末,不论是绘画还是音乐,你们的背景和观念都有共通之处。另外,您在《裸奔的年代》里开头引用的欧美流行歌曲,与其他作品比较表现出显著的与流行音乐的关系。这些我都考虑过。包括您之前在接受访谈时所涉及的想法,比如蓝调音乐、印象派绘画、您喜欢的电影等,我也认真思考过。

如果老师有新的想法也请随时告知我。之前,我想过找您做访谈,但写作之前看了您所有的访谈,很多问题都讲清楚了,心想不如先行动,在写作过程中遇到问题再向老师请教,这段时间的写作确实也是不断发现问题的过程。能与老师交流,我感到很荣幸。

墨白(晚上7时6分):

好,一帆,我会说些以前没涉及的话题。

刘一帆(晚上7时25分):

非常感谢! 老师,您抽空就好,不要耽误您工作的时间,那您先忙,我不打扰啦。

2020 年 6 月下旬:墨白致刘一帆

6 月 21 日上午 10 点 20 分:郑州新郑机场

一帆,好!

因为我手头有一些别的事情要处理,给你回信的事一直推到今天,希望没有影响你的论文写作。

我这会儿在新郑机场,要前往成都。接下来,要去位于四川西北部的甘孜州与阿坝州。去年这个时候,我在青海果洛州的三江源地区,为创作一部关于三江源野生动物与鸟类的纪录片去体验生活,回程时我没去西宁,本来计划从果洛州的达日县过班玛县前往四川的色达县,想去看看那个满山坡墙壁被涂成藏红色的寺庙与僧房的喇荣五明佛学院。由于夜里突然下了一场大雪,我们没能翻越巴颜喀拉山,只好沿黄河往东,改道久治县前往四川阿坝

穿城而过的岷江

摄影:墨白,2019 年 5 月 8 日,四川松潘

县,又经红原到松潘,所以对色达,就留下一个情结。本来这次川西北旅行是春节前就计划好的,又突然出了新冠肺炎病毒,所以推到今天。现在,距前往成都的 CZ3471 航班登机还有一些时间,我开始回复你前些日子的提问。

　　由于时间不完整,我的回复可能会伴随我的旅途,变得断断续续。到我觉得无话可说时,再把这些一块儿发给你。其实,你的信,包含了太多东西。这些天我一直在思考你信中提到的话题,许多与音乐相遇的往事与记忆,也被引诱了出来。以前没能坐下来好好地想过这些,经你这一说,我的小说写作和你提起的那些不同形式的音乐，还真有些瓜葛。

去年春天 3 月间，我去参观了新郑的郑王陵博物馆，在那里看到了出土的编钟。那些兴于西周、盛于春秋战国用青铜铸成的打击乐器，悬挂在钟架上，工作人员使用丁字形木锤敲打这些大小不同的编钟，就能发出不同的乐音，这些大小不一的钟有着高低不同的音序，因为每个钟的音调不同，按照乐谱敲打，就可以演奏出美妙的乐曲。

松潘黄龙
摄影：墨白，2019 年 5 月 9 日

随后的日子,我见到了我师范的同学蒋巍,他现在是乐队指挥,前两年还带着他的无伴奏合唱团去过维也纳。在说到这个话题时,他建议我去湖北随州的曾侯乙墓看看,他说从那里出土的编钟由一件大傅钟、十九个钮钟、四十五个甬钟组成,分三层八组挂在钟架上,这个阵势足以占满现代音乐厅的整个舞台,十分壮观。演奏时乐队要用六只丁字形木锤敲高音与中音,用两根长形棒撞出低音。而且每只编钟都可以发出两个不同的乐音,只要你准确地敲击钟上标音的位置,就能发出合乎频率的乐音;说是整套编钟能奏出现代钢琴上的所有黑白键的音响,与如今钢琴上的中央“C”频率几乎完全相等;说是那编钟的音质、音准、音色绝不逊色于现在的大锣、小锣、大镲、小镲、排鼓、大鼓等,这些民族打击乐器,也不逊色于现代乐场上的架子鼓等打击乐器。讲起这些时,我的同学十分激动,说得眉飞色舞,唾沫星子乱飞。其实,随州离我每年夏季生活的信阳鸡公山不是太远,这课将来我一定会补上。

先前读《周礼》时,就知道在西周时期已经有了正规的音乐教育。我们老家淮阳有一个弦歌台,是孔子当年周游列国被困时唱歌的地方,司马迁说:“三百五篇孔子皆弦歌之,以求合《韶》《武》《雅》《颂》之音。”说是孔子给《诗经》三百零五篇都配了曲,也就是说,我们现在读到的《诗经》都是当时流行歌曲里的唱词而已。应该说,音乐很早就与文学发生了关系。我不知道你在我们河南博物院看过骨笛没有?那骨笛是用丹顶鹤的腿骨制作而成,很难想象,那有着八千多年历史的骨笛,不仅能够演奏传统的五声或七声调式的乐曲,还能演奏富含变化音的少数民族乐曲。

一帆,我之所以跟你说这些,就是为了表达一个意思:音乐与文学的关系是个庞杂而古老的话题。因为太古老,我们就无法避开一些概念性的话语,比如音乐是我们人类精神文明的重要元素,是我们认识世界与表达这种认识的重要手段,等等。从我们一出生,音乐就已经伴随着我们,也自然携带着人类的生命现象,音乐不但与人类的个体生命息息相关,还与人类演变的历史混为一体,无法剥离。所以说,音乐在小说中的呈现,是自然的,这就像我们的呼吸,就像我们的一日三餐。

说实在的,一帆,就音乐而言,我是个门外汉,但有一点,我渴望了解和接受这些,并用来丰富我的日常生活,这了解与喜爱,也有一个漫长的过程,是逐渐演变的。

我老家河南淮阳县,这你知道,现在改成了区。我家乡的那条颍河,是淮河的重要支流,因处淮河之阳,才有淮阳这个地名。我出生的新站镇,也就是后来我小说里的颍河镇,位于颍河北岸,距淮阳县城二十公里,是有名的水旱码头,这里走水路上溯嵩岳,下通江淮,旧时河道里帆影交错,商贸频繁。因为交通方便,这里的文化生活也相对丰富,旧时镇上来往的说唱艺人络绎不绝,镇上的剧院也经常会有像豫剧、曲剧、越调、道情等不同剧种的演出。镇上在 20 世纪 20 年代就有商会出资组建的"四街班",后来因世事屡次更名,一直持续到改革开放;20 世纪 70 年代,我大哥孙方友曾是我们"新站镇豫剧团"的演员,不过那时候正赶上"文革",主要是排练革命样板戏,大哥曾出演过《红灯记》里的鸠山、《智取威虎山》里的栾平等反面角色。我跟你说这些,主要是为了说我们镇剧团里的"场面"。

旧时剧团称乐队为场面。镇剧团场面里的头把弦姓袁,是我家的街坊,他虽然长我二十岁,但我们是平辈,他的板胡拉得特别好,乐队的鼓师是他二弟,是一个传奇人物,他的爱人外号"洋人",我平日就喊她"洋人嫂子"。洋人嫂子比袁家二哥高出半头,人也出落得白净,是我们颍河镇东街有名的美人。唉,就是这样的美人,袁家二哥还看不上,待他随剧团外出演出时,他又相好一人,洋人就和他离了婚。洋人离婚不离家,自己把一对儿女养大,女婿、儿子都去了东北搞建筑,女婿很有钱,在我们镇东街她家的老宅上盖了一座小洋楼,橙黄色的墙壁、深红色的屋顶,洋人从此扬眉吐气。后来袁家二哥在外边混得不好,又回到镇上,可是洋人不让他进门,他就带着一窝在镇东的庄稼地里建了两间平房住下来。这真是人生如戏,让我想起了马连良。马连良是极具影响的京剧老生,20世纪30年代有"南麒北马"之誉,麒是"麒麟童"周信芳。那时马连良多次灌制唱片,40年代还在香港拍摄戏剧电影,到了抗战时期他被日伪胁迫赴东北演出,那个时候梅兰芳在上海蓄须、程砚秋在北京种地,他后来也因此受挫;抗美援朝他随京剧界去朝鲜慰问演出,还向组织索要演出费;那个时候,我们豫剧名伶常香玉义演为前线捐了一架飞机。我们这些熟悉中国社会的人自然会明白,当政治风暴袭来的时候,他的命运可想而知。到了晚年,马连良的生活很凄凉,一个人住在剧团的宿舍里,常常步履迟缓地去锅炉房打热水,1966年年底的一天,他去剧团食堂排队打饭时摔了个一跤仰天,一代京剧宗师就再也没有醒过来。

我们从文学的角度来说,不近政治的马连良比起程砚秋、梅兰芳、常香玉更具有意义,他的言行与生活经历,与文化与时代背景息息相关,去朝鲜战场慰问还敢索要演出费,这一个细节,就使一个时代的旧艺人血肉丰满、跃然纸上,显得那样真实。这些,才是文学要思考和关注的:人生如戏。你想想,京剧自1790年徽班进京繁盛以来,不说剧作家、乐师出了多少,单说演员,有名的不胜枚举。每一个都不相同,有多少"生旦净丑"①,就有多少不同的人生,荀慧生的人生、尚小云的人生、俞菊笙的人生、杨小楼的人生……而这不同的人生,恰恰正是我们文学需要关注的。

好了,一帆,喇叭里通知要登机了,咱先说到这儿,等到了成都,我再接着给你写。

6月21日夜间10点10分:成都市瑞廷西郊酒店4203房间

一帆:本来想着到了成都住下来就接着跟你聊天,可是到了双流机场,这次旅行的组织者就安排我们前往双流区彭镇观音阁复兴老茶馆喝茶。那是一个好去处,地道四川味道的市井人生,一街两行各种行当的铺子:理发铺、铁货铺、缝纫店、百杂货、烟酒店、面铺……端午节就要到了,有的铺子前的竹架上挂满了成串的粽子;带出厦的茶馆前后街通透,被岁月熏染得灰黄的墙壁上,残留着当年最高统帅的语录与木刻画像,在透出的"文革"气息里不时插进来手机的振铃声。茶是盖碗茶:峨眉山上采下的碧潭飘雪。我们这些从现代光影里走来的陌生人,在交头接耳的低语里、在被我们称为文化的麻将的撞击声里、在被屁股拧得咯吱咯吱响的竹椅的痛叫里、在盖碗茶盖子轻揉茶碗的声音里,时光一寸一寸地流失。一帆,你意识到了吗? 这就是我们生命的意义,那所有的声音混杂在一起就像铁锅里的温水,好奇的目光把我们拖进去,我们心安理得地等待着时光在铁锅里慢慢加温,最终我们都像青蛙

---

① 生:老生、小生、武生、红生、娃娃生。 旦:青衣、花旦、武旦、刀马旦、老旦、彩旦。 净:花衫、大花脸、二花脸、武花脸。 丑:文丑、武丑。

采耳。 左二：墨白。 右一：旅行家耿云鹏
摄影：陈真，2020 年 6 月 21 日，彭镇观音阁老茶馆

一样慢慢适应水里的环境。

　　不错，与我们息息相关的生活有着不同的形态，比如采耳。当我坐在竹椅上让采耳师在我的耳孔里做道场的时候，我知道已经无法抵挡他的诱惑：采耳屎、洗耳朵、耳扒挠痒、鸡毛转耳、马尾扫壁，采耳师像女人一样温柔的手掐着你的耳朵轻揉过后，你突然会听到一种金属的乐声在你耳边响起，那声音仿佛是从十分遥远的地方走来，脚步有些疲倦，又像一个女孩子在你耳边呼出的有些温热潮湿的气息——这不像我现在一边给你写信一边听着的由小提琴、中提琴、大提琴与钢琴演奏的舒伯特的"鳟鱼五重奏"这样紧凑——真的，无比的美

妙。后来我才知道，那叫弹震子。而弹震子的工具叫音叉，那是两个细长的钢片，采耳师在我闭眼享受的时候取出音叉来，轻巧地在我的耳边震动……一帆，是音叉，我说了半天就是想让你知道音叉，那种用在采耳过程中的一种乐器。这就是生活，就像四川人爱吃的火锅一样具体。

是的，到了成都要去吃火锅，我们晚上去了武侯祠对面的吴铭怀旧火锅店，当然，火锅同麻将一样也被四川人看作文化：饮食文化。饭后，我们又去了武侯祠一侧的锦里步行街。在成都，锦里同宽窄巷子一样著名，成都的夜

成都双流区彭镇复兴老茶馆
摄影：墨白，2020 年 6 月 21 日

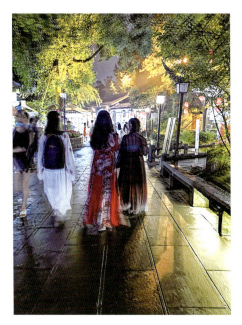

灯光下穿汉服的女孩

摄影:墨白,2020 年 6 月 21 日,成都锦里

生活在这里得到了具体的呈现,不同面孔的步行者来这里吃喝玩乐,这里五花八门的吃喝自不必说,其中最具特色的就是川剧,而川剧里最有代表性的表演就是变脸。你看,又说到了我们讨论的话题。因为我们的话题,我特意去看了一折《空城计》。这折《空城计》真是让我大开眼界,扮演诸葛亮的演员变脸时没有用"抹脸"或"吹脸",也没用"扯脸",而是用气功。当琴童报告司马懿大兵退去以后,那个饰演诸葛亮的演员运用气功使他的脸由红变白,再由白转青,以脸谱的瞬间变化来表现诸葛亮如释重负而后怕的内心情感,真是一绝。

一帆，今天上午我在新郑机场跟你说京剧了，是吧？对，同京剧一样，川剧也受到了昆曲的影响。刚过去的 6 月 6 日，我参加了一个题为《惊·梦》的影展，摄影师冯方宇毕业于南京师范大学美术学院，他携手著名昆曲演员施夏明和单雯以苏州园林为背景，以汤显祖的《牡丹亭》为内容，历时两年拍摄完成了《惊·梦》里的作品。昆曲产生于 14 世纪，在京剧风靡世界之前独领风骚三百多年，是中国戏剧之祖，百戏之师。汤显祖虽然年长莎士比亚十四岁，但两人同年去世。汤显祖一生蔑视权贵，虽然 1583 年中了进士，却得罪了像张居正这样的大人物，因而仕途坎坷。汤先生 1598 年辞官告归，同年完成杰作《牡丹亭》，三年后他又完成了最后一个剧本《邯郸记》，与《牡丹亭》《紫钗记》《南柯记》合称"临川四梦"，筑成中国戏剧史上一座不可逾越的高峰。

昆曲之美，美于曲的婉转、词的精绝，一句"不到园林，怎知春色如许"旖旎瑰丽的唱段没完，便把我们带入梦境。这就是我们要谈的话题：音乐。乐曲是戏剧的灵魂，没有哪一个剧种不是如此，就连古老的傩戏也不能脱俗。

随着宗教形成的以民俗事象为背景的傩戏，已有数千年的历史。傩戏的演出常常在与神灵"商约"的时间之内，不但必须演出，而且必须观看，甚至组织者也要在一定程度上参与"表演"。傩戏不仅历史悠久，而且种类繁多：上海大学出版社 2017 年出版的《中国傩戏剧本集成》①就收入《江淮神书·

---

① 包括《江淮神书·六合香火戏》《江淮神书·金湖香戏》《江淮神书·南通僮子戏》《广昌孟戏》《贵州傩戏》《川渝阳戏》《恩施鹤峰傩愿戏》《贵州阳戏》《贵州地戏》《贵州傩堂戏》《湘西傩戏杠菩萨、辰州傩戏》《上梅山傩戏》《新昌目连戏总纲》《绍兴孟姜女·救母记》等。

《惊·梦》
摄影:冯方宇

六合香火戏》等达二十卷。

明清以来,中国文学的传播主要依赖于戏剧艺术,以"三国"为例,中国戏剧从萌芽到成熟的各个时期,三国历史故事都是重要的题材来源:复旦大学出版社 2018 年 6 月出版的《三国戏剧集成》收入了元代、明代、清代杂剧传奇、清代花部、晚清昆曲京剧、现代京剧、山西地方戏、当代等八卷十二册,数量众多,影响巨大。

这两年我在进行"颍河镇三部曲"的写作,"三部曲"的第一部讲述的就是我们镇豫剧团"四街班"的故事,这期间我翻阅过在河南境内流行的地方戏,除前面我说过的几种外，还有近二十种①，不但剧种繁多，而且剧目庞杂，比如南阳曲艺，河南大学出版社2004年出版的《南阳曲艺作品全集》就收入大调曲子、三弦书、河南坠子、鼓儿词等八卷，这些均是从民间搜集、整理的传统剧目。这众多剧种的分野，就是曲调的不同，也就是我们现在所讨论的音乐。

我们上面说过，乐曲是戏剧的魂灵，每一个剧种又分不同的流派，而这流派的不同，仍是唱腔的不同，比如豫剧里以陈素真、马金凤、常香玉、阎立品、桑振君、崔兰田为代表的各种流派，比如豫剧里的豫西调多用下五音，而豫东调则多用上五音。就像我在前面说到的川剧是融会高腔、昆曲、胡琴、弹戏和四川民间灯戏五种声腔艺术而成的传统剧种一样，当年的豫西调也是由"罗、弋、梆、黄、越"汇集而成：这里的"罗"戏即兴于明末清初河南境内的锣锣，"弋"是元末明初在江西弋阳兴起的"弋阳腔"，而"黄"，是兴于清乾、嘉年间的商洛地区的"土二黄"。民谚说"罗戏窝里出粗梆、越调底子掺皮黄"，说的就是不同曲调相互融合产生的新剧种。

当然，不像小说那样依靠文字，音乐的传播主要靠民间的日常生活的口口相传，就像今天我在彭镇观音阁老茶馆喝茶享受采耳时听到的音叉发出的乐声一样，我们一旦经历，就终生难忘。而戏剧里的场面，是戏剧音乐最为集中呈现的地方，是由我前面所说的袁家兄弟所表演出来的，并通过他们，浸入我们的精神生活。

好了，一帆，现在是凌晨1点，因为上午8点我们就要离开酒店，只好先写到这儿。我收拾一下，这会儿感觉有点累，不知明天什么时候能够坐下来。

---

① 包括四平调、落腔、汉剧、宛梆、怀梆、枣梆、嗨子戏、大弦戏、梆子戏、柳子戏、四股弦、二夹弦、光山花鼓戏、虞城花鼓戏、河阳花鼓戏、灵宝皮影戏、罗山皮影戏等。

这会儿,不知怎么我就想起了挂在彭镇观音阁复兴老茶馆出厦柱子上的那副对联:

> 忙什么喝我泡三花茶一杯,
> 走哪里听他摆龙门阵一回。

我还记得"复兴老茶馆"的门牌号:复兴街 52 号。为什么我们总是这样匆忙,总觉得时间不够用,我们什么时候才有时间停下来,不怀任何心事地去那老茶馆里听他摆一回龙门阵?

6 月 22 日夜间 10 点 20 分:泸定县磨西古镇长征大酒店 318 房间

一帆,现在是夜间 10 点 20 分,经过一天的行程总算安定下来。今天一早,我们从成都出发,往南过新津,然后一路向西南路过雅安,随后沿着著名的 318 川藏线一路往西过天全县,再一路向西南,就到了我们今天的终点磨西古镇。

刚才我说的新津是成都的一个区,境内有岷江、西河、南河汇聚,是南出成都的门户,当年诸葛亮就从这里弃车乘船沿岷江入长江前往东吴的。上午我们到达黄龙溪古镇时下起了小雨,仿佛还没有进入雅安,老天就让我们开始领略"雅安三雅"之"雅雨"了。雅安地处四川盆地与青藏高原的过渡地带,由于南下的冷空气和西上的副亚热带季风在此交锋,一年中尤其是夏秋两季,几乎每天晚上都会下小雨,所以雅安有"夜漏之城"之称,"随风潜入夜,润物细无声",我们的乡党杜甫说的就是"雅安之夜雨"。

今天上午我们吃饭的地点是离雅安高速出口不远处的一家"九大碗",饭前的茶是蒙顶山产的"蒙顶甘露",席间还有"雅安三雅"之"雅女"来演唱《九碗歌》:

主人请我吃晌午,九碗摆得胜姑苏。

头碗雅鱼燕窝焯,二碗猪肉焖豆腐。

三碗鱼肝炒鱼肚,四碗仔鸡炖贝母。

折多垭口,海拔 4288 米

摄影:墨白,2020 年 6 月 22 日

五碗金钩勾点醋,六碗金钱吊葫芦。

七碗墩墩有块数,八碗肥肉火巴漉漉。

九碗清汤把口漱,酒足饭饱一身酥。

这民歌里唱的雅鱼就是生长在青衣江里的"雅安三雅"之"雅鱼"。杜甫说"鱼知丙穴尤为美",因为比起团队里的其他成员稍微年长,我们餐桌上雅鱼头骨里暗藏的那柄"宝剑",被"雅女"收藏在一个精致的小盒里,送我收藏。不知来日我在某处见到苏秦时,能否请他给我做个鉴别,看这"宝剑"可是他当年滑落江中的那柄佩剑。

刚才我说什么了?《九碗歌》。是的,四川民歌:直至我们车过二郎山隧道时我们车队从传呼机里传来"二呀么二郎山,高呀么高万丈"的歌声时,我才突然想到了四川民歌。这首《歌唱二郎山》产生的背景是 1950 年解放军修筑 318 国道,曲调源于四川民歌,至今仍广为流传。当然,现在我们所走的 318 国道已经不需要翻越二郎山垭口,而是穿过一条全长 8660 米的隧道后,再沿着大渡河往北就可以过泸定到达甘孜州的州府康定了,接着,我们车队的传呼机里又传来了那首著名的《康定情歌》:

跑马溜溜的山上,

一朵溜溜的云哟,

端端溜溜地照在,

康定溜溜的城哟……

磨西古镇里的天主教堂
摄影：墨白，2020 年 6 月 22 日，磨西

一帆，现在我得跟你说说我们的团队了。我们这次出行的车队共有四辆组成：0 号车上是成都本地的领队蔡子，这个年轻人是个四川通，不到两天，我已经从他那里学到了许多知识，比如"成都"与"天府"的来历；和他同车的是摄影师陈真，小伙子是江西宜春人，毕业于郑州轻工业学院，这所院校就在以前我居住的小区隔壁。陈真和"大漠商学院"的创始人大鹏，还有做石油化工的孔梦雪、做会计师事务所的王鹏四位，刚刚一起参加完"2020 第三届国际企业腾格里沙漠徒步挑战赛"，一起从银川飞往成都。这四位除去陈真，均和我们同车。碰巧，军人出身的孔梦雪又和我们同车的阿月浑子的故

乡都是新疆巴楚,再加上我和司机,这就是我们3号车上的所有队员。1号车上的队员年龄最小的女孩刘子蕊在西班牙留学,年龄稍长一些从韩国留学归来做化妆品的女孩 ENCOUNTER LYDIA,再稍长一些的赵蓉如今在英国的曼彻斯特生活,加上她的伴侣刘磊,还有现在生活在葡萄牙里斯本的"欧洲老刘",这辆车上的队员均有留学或者不同绿卡身份背景。2号车上则都是民营企业家:网名"枫林"的王聚会从事的是聚合材料相关行业,使用真名做网名的刘林鑫在医疗器材口工作的,在上海开公司网名"草原牧歌"的湖南人老雷,加上一对做装修材料的男女,就是2号车上队员的构成,你听,正是他们通过对讲机在唱歌:

"……世间溜溜的女子,任我溜溜地爱哟……"

"草原牧歌"的声音里有些湖南民歌的余味。在不同地域的民歌里,像湖南民歌一样,四川民歌无疑也是一朵美丽的花。四川民歌曲调里的号子、小调婉转,歌词朴实,就像《槐花几时开》里所唱的:

> 高高山上(哟)一树(喔)槐(哟喂),
>
> 手把栏杆(噻)望郎来(哟喂),
>
> 娘问女儿啊,你望啥子(哟喂),
>
> (哎)我望槐花(噻)几时开(哟喂)。

你听,短短四句,寥寥数语,就把一个坠入爱河、伶俐而羞涩的农村姑娘形象,活脱脱地推到我们眼前。你看,民歌形式简单,而情绪的表达是那样的直接与准确,这种准确也是我们现代小说创作所追求的,从生活情感出发而产生

在塔公草原傍晚看到的景色
摄影:江媛,2020 年 6 月 22 日

民歌的过程,正是带给我们小说家所要思考的问题:任何时候,作家的创作灵感都来源于他对生活的真切感受。

一帆,今天下午我才从大鹏那里得知,其实这个团队里的大部分人跟随他走过沙漠,像赵蓉、刘林鑫、老雷、"欧洲老刘"他们。你看,这就有些意味了,如果我们从文学创作的角度来观察这次有着不同社会背景与不同人生经历的人员集结,是不是一部长篇小说或者一部电视剧的构成?因此,我也用心考察了一下大鹏这个人。

大鹏本名耿云鹏,是大漠商学院的创始人。他被沙友们——那些走过沙漠的企业家互称"沙友",他们有一个共同的口号:大漠归来是兄弟——亲切地称为"大鹏";大鹏曾经一百五十余次进入藏区、近五十次到达拉萨。这样的传奇经历,深深地吸引着这些沙友,他本人也因丰富的行走经验与对高原旅行色彩心理学的实践,而成了中国当代新生代户外旅行家的代表人物,他又因在旅途中历经六次生死,而被称为"中国的贝尔"——贝尔·格里尔斯,英国探险家——我也曾经在不同的场合,听大鹏自称是香格里拉控。我本人也喜欢"香格里拉"这个词里所包含的人生哲学与自然美学的意义,曾经写过关于洛克的文章,这也是我这次随同他来川西的原因之一。

"一所没有围墙的自我管理的大学",是大鹏对大漠商学院的定义,该理念源自美国深泉学院和日本松下政经塾。在创办过程中,大鹏与新东方教育科技集团董事长俞敏洪、财经作家吴晓波有了很深的交集。因身体力行,大鹏对沙漠的行走有着切肤的理解:沙漠中会迷失方向,会缺水,会遇到各种极端的天气——沙尘暴、高温、严寒等,他把这些困难比作企业经营者们会遇到的场景。从商业生存与发展角度提倡:每位企业家一定要徒步一次沙漠,去感受漫漫黄沙带给自己的孤独感。在行走中,人自然而然就会根据自己所面临的境况提出问题,不断地提出疑问与反思。在挑战面前,在艰苦恶劣的环境下,人才能够看清自己的内心,只能往前走,没有任何退路,战胜眼前的重重困难获得重生。而如何让企业团队具有战斗力与生存力,当一个人在行走完沙漠之后,行走者自己会有真实的感悟。

你看,大鹏本身就是一个传奇,如果在这样的环境中集结这样一群人,比如我们这次旅行——对了,大鹏为我们这次旅行拟定的目标是:秘境梵音心灵朝圣之旅——那就有些意思了,这些有着不同精神状态的人,这些在生活中或者在事业中遇到了不同问题的企业家集结在一起,会发生什么样的故事呢?

这事的精彩与意外会超出你的想象！所以，无论何时何地，真正的文学家都要使自己成为一个直面迎面而来、无法躲藏的生活的经历者，一个在场者，你要跟着你的人物一起在特定的环境里去唱"……世间溜溜的男子，任你溜溜地求哟……"，你要跟他们一起沿着318国道行走，然后沿着大渡河一直往南。

就在这天下午的旅途中，我收到了韩宗喆先生发给我的由石川小百合和玉置浩二演唱的日本民歌《拉网小调》——韩宗喆是谁呢？他是1939年11月在武汉因抗战中从济南撤军而被蒋介石下令处决的第五战区副司令长官兼第三集团军总司令、山东省主席韩复榘的后人——这首民歌原本是在今年东京奥运会开幕式上演唱的，却因疫情让我在途中听到了：

依呀嗨，索兰，索兰，索兰，索兰，嗨嗨嗨，你若问五谷神鲱鱼神何时到来，五谷神到处都说至今没有音讯，呀萨嘿……

听了这首歌，我从此就喜欢上这两位歌唱家。其实，这首《拉网小调》我在四十年前就唱过：那是在1978年我考入淮阳师范艺术专业之后。当时我们的教材有一本《外国歌曲》，其中像日本的《樱花》，印尼的《宝贝》《星星索》，俄罗斯的《三套车》《在贝加尔湖的草原》，意大利的《桑塔·露琪亚》，德国的《在最美丽的绿草地》等民歌，都被收在其中：

在最美丽的绿草地，

我的家园就在那里，

有时我常爱漫步到山谷里去

…………

说到这些,《在最美丽的绿草地》里那美妙的旋律就在我的耳边响起。我们这个艺术专业,除了学习绘画,还上音乐课。音乐课的主要内容有三个方面:一是学习演奏,二是学习作曲,再就是声乐,学习演唱。那时候开始接触施光南的《祝酒歌》《吐鲁番的葡萄熟了》,也因雷振邦先生在电影《冰山上的来客》里的歌曲,我喜欢上了帕米尔高原,又因他在《五朵金花》《刘三姐》里的歌曲,令我对云南和广西充满了幻想;后来听了费翔的《故乡的云》就喜欢上了港台歌曲,听了郑钧的《回到拉萨》就喜欢上青藏高原。1979 年的夏天,因我看了电影《流浪者》就喜欢上了印度和巴基斯坦的歌曲;看了电影《人证》与《追捕》就喜欢上了日本音乐。这喜欢没有目的,纯粹就是因为喜欢,就像后来听了《爱的颂歌》和《如果你离开》就喜欢上了伊迪丝·琵雅芙,因听了《海上钢琴师》《天堂电影院》《西西里的美丽传说》里的曲子就喜欢上了埃尼奥·莫里康内一样。有时,我也会听一听像柏辽兹、卡拉扬、小泽征尔这些音乐家指挥的音乐会,我曾经听过奥托·克伦佩尔指挥的《降 E 大调第三交响曲》,就是贝多芬的《英雄》,他的指挥极具幽默感,他对勃拉姆斯、布鲁克纳与贝多芬的作品做出了最忠实的阐释。

　　有时,我也听一听像格里戈里·索科洛夫与叶夫根尼·基辛这样的俄罗斯钢琴家的作品,因受同窗蒋巍的引导,我也喜欢像美国吉多·戴罗与皮埃特罗·戴罗兄弟的手风琴曲。前些天我在听阿根廷的索嘉碧姐与韩国钢琴演奏家赵成珍共同演奏的《无词曲》时,突然感觉,这首门德尔松在 1845 年为大提琴和钢琴所做的旋律,在这特殊的疫情时期,让我们明白了世间的美好。

　　一帆,就在刚才,在我回到旅馆之前,在磨西古镇老街里,我遇到了一家带卡拉 OK 的酒吧。我就忍不住进去,你猜我点了一首什么歌? 是《草帽歌》:

妈妈，你可曾记得，

你送给我那草帽，

很久以前失落了，

它飘向浓雾的山坳

…………

　　我唱歌时，在我身后坐着一帮从福建过来的年轻人，像你一样，他们也是正在读书的大学生，那些年轻而陌生的女孩子、男孩子，因了我的歌声，鼓起掌来。这真让我感动，当时我把自己都唱得泪眼蒙眬。其实，我自己心里最清楚，这首歌是我每次唱卡拉 OK 时的保留曲目，为什么？因为每次唱它都会让我想起我已过世的母亲，每次我都会把自己唱得满世界的潮湿，这原因，与我同行的阿月浑子最清楚。

　　好了，一帆，今天就说到这儿吧。本来我今天最想跟你说的是，我们路过磨西老街时，看到的那座由法国传教士在 1918 年修建的天主教堂。当然，我不是为了跟你说 1935 年红军长征时在这里开过著名的"磨西会议"，这是常识。当时我站在被夜色淹没的天主教堂前，不知为什么突然就想到了莫扎特，想到了宗教与音乐的关系。这个丰富的话题，今天肯定不行了，你看，这会儿又过了子夜，明天我们还要一路往北，越往北，海拔会越来越高。接着，高原反应就来了。不过我没问题，我已经有多次高海拔的生活经验，只是不知道到了更高的海拔，还能不能接着给你写信。

　　哎，差点忘记告诉你，在窗外的不远处，就是被夜色掩盖的"蜀山之王"贡嘎神山,但愿我运气好,明天一早能一览神山的风采。好了,就到这儿吧。哎,是不是有点日本动画片《聪明的一休》里台词的味道?《聪明的一休》,你看过吗?

6月23日夜间9点10分:康定市塔公镇曼达拉大酒店306房间

一帆,今天早晨我们出了磨西,就沿大渡河一路往北,先去看了1935年红军渡过的那座桥,然后过了康定又沿着318国道往西,越过海拔4239米的折多山垭口,又沿着省道215往北,就到了隶属康定市塔公镇的塔公草原。高原的夜色要比我们中原晚来一个多小时,现在通过窗子,我还能看到远处夕阳下的雅拉神山。这一路上我都在想,今天无论如何我要把眼前的事放一放,跟你说说我的同学蒋巍,还有我们的音乐老师陈老师。

蒋巍是我们的班长,那可是个音乐天才,这我跟你说过。读师范时的有一天下午,我们一起到淮阳的龙湖边散步,他一边哼着《路边的野花不要采》一边记歌谱,现在我们听邓丽君的歌很平常,可20世纪80年代初,那可是靡靡之音,是被禁的。当时我们就策划了一个小小的商业活动,由他把邓丽君歌曲的谱子记下来,我请一个星期的假回颍河镇,把邓丽君的二十首歌曲用蜡版刻了,然后把它油印,装订成小册子,一册定价一元出售。想着这下准能发个小财。谁知,等我从颍河镇回来,把印好的一百册交给蒋巍后,几天都没动静。原来,这事被教我们音乐的陈老师见到了,他把小册子收走了。

这个陈老师也是奇才,有多奇?我说给你听听。这先生"文革"前自云南艺术学院毕业,因为他的脑门太大了,我们私下里都喊他陈大头。陈大头的老师民国时在欧洲留学,有西方音乐背景。然而陈大头的父亲是个钟表

大渡河上的泸定桥

摄影：墨白，2020 年 6 月 23 日，泸定

匠，他本人除了音乐，还喜欢无线电，除去教学，他还在城里开了一个修理铺，铺子里堆满了收音机、电视机之类的电器。有意思吧？他还常常开一辆侧三轮摩托车——就抗战时日本鬼子骑的那种——招摇过市。有天傍晚他把我和蒋巍叫到他家，那时餐桌上已经摆上了几个下酒菜，使我没想到的是，通过餐桌边的窗子我们竟能看到宽阔的龙湖。等我们坐好了，他说，不是不让你们卖邓丽君的歌谱，那都太小儿科了。今天，我让你们听点别的。说完，他站起来，给我们打开了留声机。你听好了呀，是留声机。放的呢，是黑胶唱片。你还记得托纳多雷的电影

"回家三部曲"吗？就前面我说过的埃尼奥·莫里康内作曲的那三部,其中《海上钢琴师》里的小号手马克斯在"流行乐"店里见到黑胶唱片,就是陈大头给我们放的这种。放的什么呢？贝多芬的第五交响曲,不是前面我说的《英雄》,是《命运》,当时对我的那种震撼,无法言表。陈大头一边听一边进入了情绪,他手舞足蹈、旁若无人地说,你听,小号……

接着,我们又听了贝多芬的第六交响曲《田园》,那真是一个让人难忘的夜晚,我们从陈先生家出来时,夜已经很深了,蒋巍可不像我那么激动,因为以前他对贝多芬多少知道一些。但从那以后,无论当面背地,我都不喊陈老师为陈大头,而是称先生,是真心的。如果有同学在我面前还叫他陈大头,我就会很认真地纠正说:是先生。后来,我们又到过陈先生家两次,最后一次我至今记忆犹新,陈先生让我们听的是老柴,柴可夫斯基,他著名的《悲怆》!当然,同样还是黑胶唱片,那种感觉回想起来,至今如同在梦里。

1877 年,在三十七岁的柴可夫斯基的生活里发生了一件大事:他结婚了。然而这桩婚姻成了一场自找的灾难,那个年轻貌美性欲旺盛但毫无智慧的米留科娃让柴可夫斯基一度尝试投河自尽,也企图患上肺炎病死,好在他被弟弟所救,他们一起逃往圣彼得堡,这场婚姻维持了两个月,结果是由他供养她,而她则与一串情人来往密切。[①] 这一年在柴可夫斯基这里还有另外一件大事:他开始同四十六岁的富孀娜杰日达·冯·梅克通信,这位家产万贯拥有十一个孩子的母亲无比喜爱柴可夫斯基的音乐,她表示愿意资助音乐家,但她提了一个在我们看来不可思议的前提,那就是他们永

---

① 见《伟大作曲家的生活》,（美）哈罗尔德·C. 勋伯格著,冷杉等译,生活·读书·新知三联书店 2007 年 1 月版。

路德维希·凡·贝多芬（1770 年 12 月 16 日—
1827 年 3 月 26 日）

不相见！她更愿意在远方想念她喜爱的音乐家，从他的音乐中倾听他并分
享他的情感，这真是一种令人好奇的关系。可这让柴可夫斯基感到轻松，
他说他完全理解她的主张，虽然他们也曾经出席同一场音乐会，但他们谨
守诺言，只是用余光看了对方。有一次他们正好打了个照面，柴可夫斯基
脱帽致意，而梅克夫人则尴尬得手足无措，两人不知如何是好，都迅速地逃
开了。

　　经济上的保障也未能缓解柴可夫斯基情感上的痛苦，他性情敏感，总怀
疑自己有病，唯恐自己的同性恋秘密被发现。无论在家里还是在外边，他都

郁郁寡欢,他在人前虽然感到不自在,却极力地掩盖这一切。他表面上和人交谈得很愉快,而在内心深处,他却感到绝望,想着要尽快逃跑。去结识任何一个陌生人这件事,都可能成为他痛苦的根源。这一切使他在生活中常常感到恐惧,这恐惧甚至影响了他站在乐队前,那个时候,他感到自己的脑袋就要从肩膀上掉下来了。他在给梅克夫人的一封信中说,"有段时间我充满了对人类的恐惧,几乎要疯了"。他经常头痛,容易暗自悲伤,他不断地

塔公草原上的藏族牧民
摄影:墨白,2020 年 6 月 23 日,塔公镇

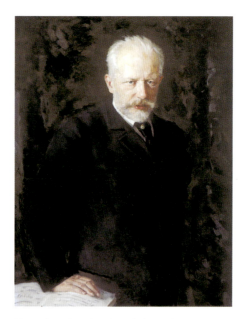

彼得·伊里奇·柴可夫斯基（1840 年 5 月 7 日—
1893 年 11 月 6 日）

怀疑自己，怀疑自己的音乐，他常常用酗酒的方式逃避世事，常常一个人孤独
地沉迷于扑克牌。

　　柴可夫斯基和梅克夫人的这种关系持续了十三年，到了 1890 年，梅克
夫人在得知了柴可夫斯基的性取向之后，突然停止了多年来对他的资助，
并拒绝给柴可夫斯基回信。这对柴可夫斯基来说是一个致命的打击，他被
击垮了，当然不是因为钱，而是他觉得自己受到了侮辱，她竟然如此粗暴地
割断了他们之间多年的亲密感情："我对人类的一切信念，对人性中至高品
德的信念全部被颠覆了。"在其余生，柴可夫斯基一直为此痛苦，直到他写

完《悲怆》，直到他倒下昏迷不醒。是的，是《悲怆》！陈先生说，老柴的《悲怆》。陈先生这样亲切地称柴可夫斯基为"老柴"，就像称呼他家同宗的二哥一样。

让我惊奇的是，陈先生坐在一张小木椅上闭着眼睛，他在充满音乐的空间里，一双手舞来舞去，那是我们见过的最为陶醉的指挥家，仿佛比卡拉扬更甚，比小泽征尔更甚，他一边摇头晃脑，一边嘴里还不时地叫出一种乐器来。他说，你听，小提琴！你听，双簧管！你听，小号！我们在低音提琴引领的由低音管在低音区演奏出呻吟般的慢板里，在乐器的叹息里感受到了烦躁与苦恼。音乐引领我们让我们的情绪处于不安与焦躁之中。当碰撞着的强烈起伏的音响把我们从梦中惊醒时，我们不得不起身投入人生的旋涡里，在无法逃避的现实面前，我们梦想着宁谧与和谐的生活。

陈先生屁股底下的小凳子，像我们在彭镇观音阁复兴老茶馆里听到的一样被他压得咯吱咯吱响。陈先生说，你听，大提琴！你听，长笛！你听，大号！你听，定音鼓！在昏暗的俄罗斯民谣里荡漾着的那丝不安，虽然空虚，虽然心灵受过折磨、透着淡淡的悲伤，却因苦恼爆发时呈现出的反抗力量，让我们感受到了生命的悲壮！潮湿的风从宽阔的湖面涌来，穿过窗子充满了我们的房间，就像四处奔忙的人们聚集在这里，跳着活泼欢快的来自意大利南部的民间舞蹈。陈先生说，你听，中提琴！你听，单簧管！而悠扬的长号让我们无法避开我们曾经对生命的记忆，我们的奋斗，我们的爱情，我们的恐怖，我们的挣扎，绝望与失败，追忆与悲恸，这谐谑而活泼的快板，这情感的堆积与快速的消失。

陈先生说，你听，低音提琴！你听，短笛！你听，圆号！在终曲里，老柴一

转塔的藏民

摄影:墨白,2020 年 6 月 24 日

反一般交响曲的壮丽与明快,带给我们的是强调"悲怆"的晦暗与沉郁,是充满哀伤且自由的慢板。在夜色渐渐降临的湖面,那一刻,我深切地感受到了老柴在他漫长的人生路途中的哀伤和苦恼。我们熙熙攘攘,我们一步一步走向死亡,走向那个永恒不灭的真理:死亡最终无可避免,而生命中我们所有的愉悦都将转瞬即逝;在无限的凄寂里,我感受到了我们这些偶尔来到世间的生命的无奈与悲怆之美! 这种独特的俄罗斯风格的旋律,充满了自省的精神,荡气回肠,而又有些神经质,就像窗外黑夜的湖面上突然传来的一声惊恐的尖叫,触动人心。

是的,柴可夫斯基一生都在努力解决作品的结构问题,他极力地想通过一种逻辑和想象把多种元素置入一个整体,他在他的《悲怆》里,也在做着这种努力:在第一乐章里,他用 b 小调奏鸣曲的形式由慢板转不很快的快板;在第二乐章里,他用 D 大调三段体温柔的快板来结构;在第三乐章里,他用 G 大调活泼的快板来呈现谐谑曲与进行曲混合式的奏鸣曲;而终曲哀伤的慢板,他使用了 b 小调自由的三段体来展现。在《悲怆》的整个叙事结构里何处低缓、何处高昂、何处紧张、何处委婉,都是跟着剧情,跟着人的情绪来设定的,这不就是小说的叙事节奏吗? 你曾提到过,"欲望三部曲"中的《裸奔的年代》里开头引用的欧美流行歌曲,而这部小说的结构和《悲怆》十分接近。

金国政先生在一篇文章里说:"谭渔这个人物,他近似唐璜,又极富哈姆雷特血质。他是个情种,他与小慧的爱情十分缠绵婉丽,让人动容。与叶秋的爱情显得有些西化,但作品正是用叶秋这个人物终结了唐璜或哈姆雷特,使小说在一片绮懿凄艳中戛然止步。谭渔像唐璜的地方,是性爱,幻想美色的性而拼命去爱;像哈姆雷特的地方是怨爱,在滔滔不断的疑虑中怨哀中去爱。"而在我看来,谭渔在某些方面和柴可夫斯基以及《悲怆》里所传达的精神现实更为接近。

1893 年 10 月 28 日,《悲怆》在圣彼得堡初演。六天之后,柴可夫斯基因喝了一杯没有烧开的水而染上了霍乱,在经受了几天的病痛折磨后,他那颗饱受创伤的也许在失去梅克夫人时就已停息的心脏,结束了跳动。《悲怆》是他一生中写过的最不寻常、最具悲剧性,也是人类音乐史上最伟大的交响曲。《悲怆》同李斯特的《前奏》一样,是作曲家一生经历的写照。

雀儿村外的青杨树

摄影：江嫒，2020年6月24日，道孚县八美镇

　　一帆，对我来说，今天有些不寻常，其实，今天我是有些高原反应的：3729米——这是我今天所居住房间的海拔——令我隐隐地有些头疼，好在之前，我做过案头工作，才有今天给你的文字。明天，到了色达，我就不敢保证能坐下来给你写信了。

　　还好，趁着这会儿的兴致，我再说说2008年9月我在圣彼得堡的经历：那次在圣彼得堡，我特意去看了一场《天鹅湖》。柴可夫斯基生前十分推崇德布利的音乐，而这种推崇在《天鹅湖》里的许多乐段里被呈现出来。还有，柴可夫斯基的芭蕾舞十分接近歌剧。在《天鹅湖》里，歌剧里用于演唱的音乐用于舞蹈，而每支舞曲都有相应的二重唱、咏叹调以及合唱。

6月25日夜间9点50分：
壤塘县桑珠路56号香拉东吉大酒店412房间

一帆，我们这次旅行最初计划中的行走路线，是从成都出发往西北方向过都江堰和汶川的映秀镇，然后一直往西途经日隆、小金、丹巴，到达八美，目的是要看巴郎山和自然生态保护完好、被誉为"蜀山皇后""东方阿尔卑斯"——还记得我前面说过的"蜀山之王"吗——的四姑娘山；晚上入住由墨尔多神山、藏寨、美女、碉楼、秘境构成的香巴拉理想地、被《中国地理杂志》评为"中国最美六大乡村古镇"之首的丹巴喜悦秘境酒店。可是，就在我们都已经订过前往成都机票的6月17日，突然传来了由于暴雨发生泥石流、丹巴县境内的道路被冲坏的消息，大家都在焦心地等待着丹巴方面的消息。有

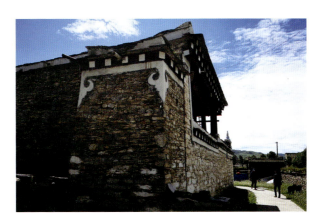

道浮县八美镇雀儿村藏族村民意西的家
摄影：墨白，2020年4月24日

汶川映秀镇"5·12"地震纪念馆
摄影:墨白,2020年4月27日

的旅友说:要等待,到时如果路途不通,宁愿坐飞机去吃个火锅,到成都的宽窄巷子里走一遭也不愿意退机票。这就促使大鹏调整了旅行路线,到时如果丹巴的道路仍然不通,就从成都往南走318川藏线上的新都桥、雅江、理唐、甘孜,然后接上原计划中的色达与壤塘,对此大家都积极响应。

可是,22日我们从成都出来走了318线上的雅安、天安、泸定与康定,但并没有继续往西前往雅江和理唐,于是,就有了我们昨天的行程:一早沿着省道215往略偏西北方向的道孚县,又过炉霍县去往西北方向的色达。

可是——你看，又一个可是！——等我们到达色达喇荣五明佛学院的山门时，天色已晚，就在我们等待晚餐时又有消息传来:喇荣五明佛学院因新冠肺炎病毒的影响，被突然管控，就连事先已经疏通好关系的当地派出所对此也无能为力，蔡子和色达这边有关系的领导也联系不上。这消息自然引起了团队的震动，你想，我们这次旅行的主题就是"色达向死而生:藏地秘境梵音佛国朝圣之旅"，可是到了色达喇荣五明佛学院的门前却不让进去，我们心里会舒服？你就再说"在路上，就是一种信仰"，可是这会儿就像大鹏领着我

喇荣五明佛学院山门前小卖部前的僧侣

摄影:江媛,2020 年 6 月 25 日,色达

们进了沙漠,突然失去了前进的方向,看不到真神,信仰何在?

无奈,大鹏只好在微信群里发了这样的文字:"各位伙伴,今天是端午节,有缘同行,且行且珍惜。其实旅行就是探索未知,所有的变化都是未知,随遇而安,享受当下,才是行者的境界。但如果没有变化的东西它就没有生命,真正的旅行就是享受那些变化。云的变化,天气的变化,阳光的变化,口味的变化,路途的变化。在路上所有的遇见,无论是美好还是遗憾,都是一次人生经历。"

这话就有人不同意了,随后我们的微信群里出现了如下的文字:"我不认同你的说法,这次旅行不是一次 AA 攒锅的自发出行,而首先是一个有出行计划书的商业旅行;其次是大家慕你名气的聚合,是一个没签合同的合同行为,允许适当的调整而不可以改变核心内容。这次旅行绝不是探索未知,而是践行已知,兑现承诺。我们需要的是实现交付和无力交付后的善后计划,而不是让大家接受无奈。"

旅行的组织者只好在我们入住酒店后挨个房间过来解释、道歉。谁知第二天早上吃饭时,我看到在微信群里发表不同意见的一对人坐到了蔡子的 0 号车里,并没有和我们同行。我问了知情者,原来是安排了一辆车去五明佛学院。我当时就很在意,一是我觉得组织者不能这样处理问题,二是我立刻对那两个离队者产生了看法:我欣赏你能站出来维护大家的利益,而现在你抛弃大家独自去就有些不地道了,即便你去看了五明佛学院,我也并不会为你感到高兴,因为在这关键的时候,你为一己之念,出卖所有队友的利益!

说到这里,我想跟你讨论一下现代小说叙事的关键问题:时间。刚才我跟你讲的这次旅途中一次又一次的变数,就是为了说明我们的生活现实是建

东嘎寺的僧房
摄影:江媛,2020年6月25日,色达

立在当下的瞬间,也就是过去佛、当下佛和未来佛中的当下,这就是现代主义
小说的叙事,也是海德格尔存在主义的时间观念里的此在。在进行着的现实
生活中的一瞬即逝的当下,存在着我们无法掌控的变数,而不可知论的思想,
早在古代怀疑论者那里就有了,虽然也是哲学家 D. 休谟与康德的哲学观,但
是到了 19 世纪 70 年代才被 T. H. 赫胥黎提出,用来描述他的哲学观念。

　　昨天我们在色达县城住下时,时间已经很晚,加上高原反应,就没有像前
几天那样给你写信。色达位于巴颜喀拉山脉南麓,处于青藏高原东南部,平
均海拔在四千米以上,由于特殊的地理位置,1939 年,这里以"西康省"建制,
1950 年改为"西康省藏族自治区",直至 1955 年,才由省变更为四川辖区里
的一个州。今天我们从色达前往壤塘县,在这里,你印象中仿佛所有的旅途
都在两山构成的谷地里行走,永远有一条湍急的河流伴你左右。山永远是那

莫扎特人生的最后几小时

亨利·尼尔森·奥尼尔①绘

样的高耸入云,河流永远不知疲倦地在对你咆哮,仿佛你的行程已经失去了安全的保障,你永远不会知道,也不可能知道什么时候会有一块石头从陡峭的山崖上滚落。那一刻,你能想什么呢? 可神奇的是,因那水的声响,就像两天前我在磨西古镇的那座天主教堂前一样,我又一次想到了莫扎特,想到了《费加罗的婚礼》。

我一直在想:如果交响乐里的叙事结构适用于长篇小说,那么歌剧的叙事结构,则适合中篇小说。歌剧中的男高音、男中音、男低音、女高音、女中音等不同音域,在我看来,就是赋予了小说中不同人物以各自鲜明性格。比如《费加罗的婚礼》的第二幕,阿尔马维瓦伯爵怀疑夫人罗西娜的房间里藏有

----

① 亨利·尼尔森·奥尼尔(1817—1880),出生在圣彼得堡,是英国历史风俗画家和维多利亚时代的作家。

情人开始的男中音、女高音二重唱,等到门打开后发现是苏珊娜的三重唱;接着,园丁安东尼奥匆匆跑来,说刚才有人从夫人的阳台上跳了下去,为此加入男低音,成为四重唱;伯爵听后又起了疑心,幸好费加罗及时赶到,说刚才跳下去的是他,他想在夫人的房间里和未婚妻相会。这时,马尔切琳娜和医生巴尔托洛,还有音乐教师巴西利奥来了,他们得意地宣布:费加罗没有还钱,现在他必须履行娶马尔切琳娜为妻的约定,而证婚人,就是医生巴尔托洛。在场的人各怀心思:扬扬得意的马尔切琳娜和医生、幸灾乐祸的巴西利奥和伯爵、可怜巴巴的苏珊娜、满怀同情的伯爵夫人、不知所措的费加罗——最后直至曲调丰富的七重唱,把剧情推向戏剧冲突的高潮。

这使我想起了《光荣院》里那群人聚集在食堂里吃饭的情景,或者是《幽

路途中遇到的"交警"——牦牛
摄影:江媛,2020 年 6 月 25 日

玄之门》里的那帮村民在民间艺人狗眼到达之后的一阵戏闹。不同的音域，就是为了用来展开剧情，为了刻画各式各样的人物：宽容的、可爱的、野心勃勃的、虚荣的、任性的、自私的、拈花惹草的，都被具有同情心和创造性的音乐栩栩如生地展现出来。前些天，在我重新翻阅《欲望与恐惧》第十四节《当代民谣》里同学聚会的场景时，忍不住会心一笑：这不就是《费加罗的婚礼》第二幕中的七重唱吗？在这里，就像男高音、男中音、男低音、女高音、女中音等不同的声部，我赋予了小说中的一帮同学各自不同的性格。我知道我写的时候并没有意识到这些，当然这也绝不是巧合，我相信在以往的某一天，在欣赏某部歌剧的时候，这样的叙事对我来说，早已是我心领神会的，它顺着音乐潜移默化地滋润了我的心灵。

在以往的生活里，我对歌剧的接触不但晚于交响乐，而且略微晚于音乐剧。最早的音乐剧是从电影中看到的，比如《音乐之声》，而我最早看舞台音乐剧是《钟楼怪人》，接着是《猫》《悲惨世界》与《剧院魅影》之类。当然，这些音乐剧不像我在圣彼得堡看《天鹅湖》那样是在现实的剧场里，而是看碟子。

2000年左右，我结识了几个音像店的老板，他们的铺子都在郑州农大东边的文化路上，表面上看都是正规出版的音像产品，但他们有一个不让外人知道的暗门，在暗门的后面，则是专门出售从海外走私过来的光碟的房间，那内容真叫丰富，但能通过这道暗门的都是音乐发烧友，我在那里还遇到几个在河南农业大学执教的老外。我现在所藏的上千张光碟，就是那个时候淘来的：各种各样的音乐会、各种各样的电影、从来没有听过的指挥家的作品、各种乐队、各种乐器演奏大师的作品，就像我前面提到的钢琴、大提琴、小提琴、

这位见人害羞的女主人已经是四个孩子的母亲
摄影：墨白，2020 年 6 月 26 日，壤塘县

吉他……各种门类的音乐：佛教音乐、基督教音乐、爵士乐；不同内容的专辑：迈克尔·杰克逊、惠特妮·休斯顿、路易斯·阿姆斯特朗……当然，我也淘了许多歌剧：《茶花女》《卡门》《图兰朵》《波希米亚人》《特洛伊人》《唐璜》《玫瑰骑士》《叶甫盖尼·奥涅金》《蝴蝶夫人》《黑桃皇后》《弄臣》《魔笛》……真是数不胜数！偶然吗？是偶然，但也是必然。我们从来都是在无数的偶然中渐渐接近必然，从无知中渐渐接近事物的真相，这就像我们今天在鱼托寺里意外地拜见了嘎尔多堪布一样。

　　今天一早，我们之所以往北到了青海班玛境内的多智钦寺，就是因为一位我们计划中要拜见的高僧,但等我们到了班玛县来塘镇境内的多智钦寺,来这儿讲学的高僧已经离开回到了鱼托寺,等我们顺着多柯河一路向东南来到位于壤塘县上杜柯乡境内的鱼托寺时,高僧不知为了什么事又去了我们刚刚路过的西穷寺。或许,刚刚过去的路途中我们同高僧擦肩而过,可我们就是无缘相见。所以我们与嘎尔多堪布的相见看似偶然,又是必然,其实,这些早已都在我们的命运之中。在堪布的家中,有同行问起了生命的六道轮回,堪布就给我们讲了灵魂。在堪布的话语里,仿佛四处都游荡着我们无法看到

身着红色上衣下着藏袍正在劈柴的中年妇女
摄影:墨白,2020 年 6 月 26 日,壤塘县

的灵魂。那一刻,我们无从知晓我们的前世身在何方,或许,就在屋外离多柯河不远的那个藏族村落里。

在这之前,我们在路过西穷寺附近一户乔迁新居的藏民家时,我们像这里的村民一样受到了邀请。村里的许多男人和寺院里的僧人——那位我们想见到的高僧在这里吗? 或许吧! ——在不同的房屋里受到各种美食的款待,而村里的许多女主人身着节日的盛装前来帮忙;这户人家是这个家族四兄弟中的老小,那位身着天蓝色上衣的像个新娘一样害羞的女主人已经是四个孩子的母亲。在这到处洋溢着欢乐的空间里,在主房与客房的空地上,我看到一位身着红色上衣下着藏袍正在劈柴的中年妇女,她在我的注视下犹豫了一下还是举起了手中的斧子,在那根竖立在木墩上的圆木应声裂开的一瞬间,我像被闪电击中了一样:上帝呀,她不就是我在《隔壁的声音》里写的那位生活在东北林场的女人吗? 是她! 那一刻,我的眼睛湿润了:当嘎尔多堪布双手合十为我诵经祈福的时刻,我的眼前却出现了那位手执斧头劈柴的藏族村妇……

6月28日上午8点:成都市瑞廷西郊酒店4201房间

一帆:今天是我给你写信以来最放松的,因为我们昨天下午已经回到了成都,仍然住在我们21号住的那家酒店。既然时间宽松,我们就放开来,听一听理查德·科西昂特的《钟楼怪人》吧——2019年4月15日下午6点50分巴黎圣母院发生火灾后,我在朋友圈里留下了如下的文字:悲伤! 悲伤! 无尽的悲伤! 火神手下留情吧,你已经带走了年轻的生命,为什么还要带走古老的文

嘎尔多堪布为旅行家耿云鹏祈福，中立者为诗人江媛
摄影：陈真，2020 年 6 月 26 日，壤塘县

明。"时间和人使这些卓绝的艺术遭受了什么样的摧残？关于这一切，关于古老的高卢历史，关于整个哥特式艺术，现在还有什么留存给我们呢？"——上面引号里是雨果在他的长篇小说《巴黎圣母院》里说的话。今天下午在路过汶川的映秀镇时，我们去了漩口中学的地震遗址，站在永远定格在 2008 年 5 月 12 日下午 2 点 28 分的时钟前，我强忍住内心的悲痛，在我们眼前的废墟下，还掩埋着遇难者。幸福总是相似的，而不幸却各有不同。不知为什么，那一刻我想到了托尔斯泰。被烧毁的巴黎圣母院、汶川地震，这些看似离我们很远的往事，其实与我们的生活、与我们的生命有着千丝万缕的关联。

我一直认为，能够坐下来听一场音乐会或者一场音乐剧，就是幸福，是我们生命里相似的那一部分。好了，现在我们就一边听着《钟楼怪人》里的旋律，一边聊一聊这几天我们的经历吧。

6 月 26 日，我们计划前往观音桥、马尔康、理县去看观音寺里迄今已有

学习唐卡绘画的女孩
摄影:墨白,2020 年 6 月 26 日,壤塘县

一千三百多年历史的四臂观音,还有《尘埃落定》里描写的卓克基土司官寨。可是,在我们走了一半路程的时候,因前面的道路被洪水冲断而被阻。道路什么时候能修复?没有具体的答案,或许要等五小时,或许要等待十个小时。我们不得不重新更改行程:掉头回壤塘县城,然后一路朝东北到了阿坝县的时候已经是晚上 9 点,随后又要一路向东往红原,那个因 1935 年红军长征过草地而闻名于世的地方。这条路恰好是去年我从青海往成都时走过的路线,其中的阿坝,就是我在小说"欲望三部曲"第三部《别人的房间》写的阿坝,那个时候,黄秋雨就是坐在阿坝城外的阳光下、坐在郎依寺的草地上读了林桂舒从郑州写给他的信;同样也是在这里,黄秋雨在一本《印度壁画》的书的环衬上写下了他因思念备受折磨的感受。

第二天一早,也就是 6 月 27 日,我们离开了红原,这次不像上次前往松潘,我们的车队向南逐渐接近 317 国道。同国道 318 一样著名的 317 国道,使我再次回到了前两天的精神状态,在米亚罗镇,在古尔沟镇以及往下到理县、汶川一线,给了我许多年前过丽江北边的金沙江前往中甸——现在的香格里拉市,可我习惯上仍然称它中甸——行走在横断山脉的感受,重新领会了"崇山峻岭"这个词的真正含义,而这次行走的意义是使我真正地对藏传佛教又多出一次抚摸与亲近的经历。

　　我们这次行走路过了甘孜藏族自治州所辖的十八个县市中的泸定、康定、道孚、炉霍、色达五个县市;阿坝藏族羌族自治州的十三个县市中的壤塘、阿坝、红原、理县、汶川五个县;有趣的是,从三大藏区的划分上来讲,甘孜属

嘎尔多堪布的家

摄影:墨白

曾克寺

摄影：江媛

于康巴藏区,而阿坝州的几个县则属于安多藏区;在这个地域里寺院林立,有五万人口的道孚县境内就有寺院三十余座,仅有四万人口的壤塘县境内就有寺院近四十座。在藏区的不同寺庙里,在一天中不同的时段里,我们都会遇到前来转经的牧民。你无法想象,那些手持经筒面色紫红的老人、强壮的康巴汉子和身背孩童的安多妇女,他们转动经筒发出的"吱呀"声是那样的坚忍,那样的持久,那声音固执地融入人的脑海,就像我常常会想起莫扎特一样,即使在睡梦中也无法躲避。

2005年9月,我来到了萨尔斯堡,1756年,莫扎特出生在这里,他整整二百年先于我来到人世,又过五十年,我才来到萨尔察赫河边,在幻觉里聆听这位音乐神童在他三岁时弹奏的钢琴曲调。莫扎特四岁时能告诉他的长辈拉的小提琴跑了调,六岁时开始作曲,在我的感觉里,萨尔斯堡狭窄的街道里到

从东嘎寺一角看到的

摄影:江媛,2020年6月25日,色达县

处藏匿着他的乐声。由于音乐上的天赋,加上他父亲的
过度介入,导致后来的莫扎特不谙世事,他成了自己最大
的敌人。莫扎特像卡夫卡一样想极力摆脱父亲对他的影
响,在他短暂的三十六年的生命里,他有十四年的时间就
像我们的行程里无法摆脱两山之间的谷地一样。离开了
萨尔斯堡,仿佛他的一生都在旅行。在萨尔斯堡,虽然莫
扎特的故居正在维修,但我还是有幸参观了一些展室,看
到了莫扎特在巴黎、伦敦、米兰、里昂、威尼斯、因斯布鲁
克、维也纳、慕尼黑、布鲁塞尔、法兰克福等不同的地方写
给萨尔斯堡家人的信,由于他的书信内容过于坦荡,因毫
无遮掩而显得有些荒唐——就像伴随我们的河流一样,

虽然汹涌,但听起来令人惊讶而着迷——一位充满创作力的艺术家形象跃然纸上:他一定要实现自己的目标,无论发生什么,他都矢志不渝,他从来不写廉价的音乐,也绝不出卖自己,就像我们身边的河流永不回头一样。

一帆,你知道吗? 有一刻,我就把莫扎特想象成是我们团队里的一员,如果他来到这里和我们一起就像他在奔往下一个演出地点——比如从色达到壤塘——的旅途,他会是一种什么样的状态呢? 他会不会因为没有去看喇荣五明佛学院而变得情绪暴躁呢? 莫扎特的悲剧在于,他的成长过于信赖自己的父亲,而他自己却无力应对社会和生活的要求。

过度的劳累与肾病最终导致了莫扎特的早亡,他的葬礼草率而匆忙,以至现在也没有人知道安葬他尸骨的地方。现在,我们只有进入《魔笛》之中,才能真正领略他音乐的精髓。聆听莫扎特,你会觉得他比巴赫更富于变化,比贝多芬多了几分高贵:你听,他音乐里的深刻与微妙,就像从窗外河流对岸的松树林里溢流出来的一样。哎,对了,我忘了告诉你,就在我今天居住的宾馆的窗外,就是那条今天一直伴着我们的多柯河。我们今天早上从色达出发一路往北,到了与四川接壤的班玛县,这个县我在前面跟你提到过,然后我们又沿着这条多柯河一直回头往南,你想,现在这条河就在我的窗外,在夜深人静的时候不停地发出自己的声音。是的,由于自然的介入,使得我们欣赏莫扎特变得有些困难,而他音乐里清晰完美的结构与绵绵不绝的旋律,就像我窗外山与水的结合,仿佛又使我们对他的欣赏变得容易些。是的,在现实生活里,莫扎特认识到了音乐的至高无上,他在一封给父亲的信中这样说:"在一部歌剧里,歌词必须是音乐的孝顺女儿。"这话的意思就是我们前面说过的:音乐是戏剧的灵魂。

在我看来，《唐璜》是莫扎特最具有意义的一部歌剧：他试图用音乐解释剧情和人物的情绪。唐璜是一个玩世不恭、颓废且声名狼藉的人，但是像卡门一样，他宁愿为自己的原则而死——我们却做不到——这使他变成了一个真正的英雄。在他的身上，具有严肃与来世的意味，即使在我们所处的时代，也充满了惊世的力量。大统领的石像叫道："忏悔！"唐璜说："不！"于是地狱之门打开了。

《卡门》充满激情和力量，是一部具有撼动人心力量的作品。剧中人物光彩夺目。作品塑造了一位光荣士兵的多重性格，塑造了卡门。卡门性格复杂，让人难以捉摸，她不是那种摇摆腰胯的没有道德感的女子，她从不欺骗自己，从不违背自己的行为准则，她即使不遵守普通人对于性的准则，却也绝不滥交，而是在某一段时间里只忠实于一个男人，她就是男性的唐璜，她明知唐·何塞会杀掉她，但比起向一个她所蔑视的男人让步，死算得了什么？士可杀不可辱！她像唐璜一样，她也是为自己的原则而死。

然而，就像莫扎特在他生命的最后一年完成《魔笛》的创作一样，1875年，在《卡门》首演三个月后，天才的比才死于心脏病并发症，年仅三十七岁——莫扎特呢？终年三十六岁——柴可夫斯基非常喜欢《唐璜》这部歌剧，称莫扎特为"音乐的基督"，而勃拉姆斯则说，他愿意走遍天涯去拥抱创作了《卡门》的作曲家。

莫扎特是一个音乐天才，而且他还十分勤奋。现在我坐在成都酒店的房间里，就因了他的勤奋想起坐落在壤塘县吾依乡的曾克寺，想起了6月26日下午我在曾克寺的公路边看到的劳动者：那些满面皱纹衣着色彩鲜艳的藏族老人坐在公路边的石场里，颤动着手中的铁镐在锻造鹅卵石：他们要在那些

曾克寺里转经的藏族母子
摄影：墨白，2020 年 6 月 26 日，壤塘县吾依乡

不规则的鹅卵石上雕刻出不同的藏文文字："扎西德勒"，或者是"唵嘛呢叭
咪吽"。铁镐触击鹅卵石的声音随着他们身外多柯河里的浪花时起时伏，而
你感觉到的却是他们内心的希冀，你在铁器与石面冰冷的撞击声里感悟到的
却是温和。那是一种怎样的声音呢？年轻时，他们赶着牦牛四方奔走，年迈
后，他们在日夜流淌着的河岸上的寺院旁坐下来，在成堆的鹅卵石前面坐下
来，用一头尖一头钝的铁镐锻造被洪水磨去了棱角的鹅卵石，每一个祈福的
文字都经他们的眼睛千万次的抚摸，经手涂染上不同的色彩：红色、黄色、黑
色或者白色，使其成为艺术品。随后，这些艺术品将会被送往某处堆成玛尼
堆，或者送往某处的石经墙，或者送往某处的天葬台，那些饱含着他们永恒的

微笑的每件艺术品,都与生死有关、与肉体与灵魂有关、与山水有关、与天地有关、与我们生命中的每时每刻有关。

哦,谁的电话?是大鹏。是的,我们约好 11 点出门,去看一位"保时捷"的老总。大鹏说,十年前这位老总在郑州卖"保时捷"时就是他的好朋友。

6 月 28 日晚间 9 点 30 分:成都市瑞廷西郊酒店 4201 房间

一帆,今天晚上的话题我想会有些沉闷,于是我就特意选了《勃拉姆斯第四交响曲》,作为我们谈话的背景音乐。

中午我们去了一家"薛涛·院子里",那是一个吃饭的地方。这个薛涛就是写过"花开不同赏,花落不同悲。欲问相思处,花开花落时"诗句的薛涛,这位常常使用自己制作的桃红色小笺写诗的成都乐妓,使我们的这顿午餐变得有了几分诗意。没想到,席间我们身边的这些中产阶级所关心的并不是薛涛诗句里的恩爱,而是疫情过后他们对自己的企业包括我们所处时代社会与经济现状的思考。既然来了,我们就不妨听一听,或许,会给我们这些常坐书斋的人带来益处。

龚志勇总经理是 20 世纪 60 年代出生的人,现在负责成都锦江保时捷中心的事务,他是从中美关系说起的:我们那时能出国的大概有三种人:第一种是有家庭背景,第二种是读书顶尖,第三种是靠偷渡。在美国,你想过平淡的生活也不难,但并没有你想象的那么好。你一个月拿两千美金,换成人民币看似很多,可是你在那儿生活试试看?为什么疫情一来,普通人没有存款?我有很多朋友在国外:加拿大、美国、澳大利亚,也有在法国。你想进入美国

成都"薛涛·院子里"
摄影:墨白,2020 年 4 月 28 日

主流社会,很难,那是万里挑一。我本人是相信我们的社会在进步,像 90 后、00 后这些孩子会越来越有希望。我去日本多次,参观过他们的一些工厂,那些工厂看起来很旧,可是却能做出那么好的车,这是人的素质问题。我们 60 年代的时候没有那么好的教育,吃的都不够,哪能有好的教育? 比如说扔垃圾,现在 10 后的小孩子垃圾分类就比我做得都清楚,我们那时没这教育,再过十年,等我们后代受到良好的教育之后,我们不会比日本差,因为日本人骨子里太像中国人了。美国人写过一本《菊与刀》的书,详细地分析了日本的精神根源。

曾克寺前的经石堆

摄影:江媛,2020年6月26日,壤塘县吾依乡

在疫情期间,国内一些大的集团在收缩,不盈利的部分都砍掉。这次疫情对国内的企业来说,是调整的机会,原来一些不良的资产得到重新整合,这个时候最能考验企业的决策层。我不知道你们听没听说过"黑厂房",前天我见北京一个医药公司的董事长,他说车间里面没有人,灯都关了,机器人在里边正常工作,很吓人的。不光是我们汽车行业,现在许多行业处在风口浪尖上,面临着挑战。要寻找一种更好的盈利模式,就需要重新整合。整合往往是在很困难的时候开始的,那是在生存遇到困

难的时候。现在看是疫情,但对一个企业来说,或许是最佳的时机。像我们卖保时捷,其实这东西是奢侈品。这有一个现象:在疫情的应对中,江、浙及沿海城市,反应要比内地快些,像无锡、苏州、昆山这些地方,我们觉得很困难的时候,他们可能就做个口罩,就赚了上千万的利润。有了钱,人就会买好车。关键时候你只要能抓住一个点,就行了。但机会从来都是给有准备的人的。现在,有些钱可能流向一些新兴的行业:像环保、医疗,或者像头条、抖音这样的网络平台。

比如在深圳,一些回国的小青年做一些小的不起眼的项目,但他在往深处走,一直在孵化,看似在一些很狭窄的范围,但这些行业会像雨后春笋,等疫情过后会有一个发展。中国的科技走得比较靠前,比如 VR,我们和美国都在世界的前列。美国在科技方面比中国强,比如编代码,但也有不如中国的地方:中国的应用场景比较多,美国设计出来一款软件,往往测试数据跟不上。现在的国际形势是比较紧张,但我们调动内需,在一些自主的科研上,会有一个很大的前景,所以不必担心。

对我来说,谈话的内容十分的新鲜,而刚才龚总所说的时机是给有准备的人的观点,在大鹏这里得到了印证。大鹏说:2016 年的时候,我是做市场资源的,可当时没有想明白,资源不是你的,是大家的。刚开始的时候走量,不是 CEO,不是创始人,不是董事长,我们都不接。疫情之前想得很好,一年有一两百个增长。2019 年,我做了三千三百人次,如果不是疫情,今年可以做到五千人次,那是一个庞大的数据。

疫情后我们开始思考这个问题。如果你过多的追求人数的时候,其实压力很大,我们在客户中做筛选,现在只服务百分之二十的人群。以前我们走沙漠的服务是一生一次,现在我们要做一生一世,现在我有七个产品,就像升学考试一样,我要让你把所有的项目都参加完,把一生一次转变成一生一世。

疫情期间,国内整个旅游行业都不景气,已经有三十多家关了门。全世界最大的旅游集团"中旅"更名"中免",突出机场免税业务了;中国第一家旅行社"北京国旅"关门了,海航把"凯撒"卖了,连"携程""途牛"压力都很大。这个时候你怎么办,我们公司裁了百分之四十,服

曾克寺

摄影:江媛,2020 年 6 月 26 日,壤塘县吾依乡

务我们数据库里百分之二十的人群,很精准。疫情期间因这次的"藏地秘境之旅"我收了百分之四十的预收费。疫情会造成两极分化更明显,这也是欧洲的历史。你会发现处在底层社会的人很难有机会再往上一步,因为不管物价、房价、教育成本都比较高。这种情况,就像龚总刚才说的,社会阶层在美国很明显,疫情过后社会阶层会逐渐明显:高层、中产阶级、新中产阶级、底层社会。我们今年第一季度失业率超过了去年的全年,今年有七百万大学生毕业,就业怎么办?

可无论有多困难,你都得在场,你必须是这七百万大学生里的一员,才能深刻地体会到就业与生存的艰难。这就像小时候看我们镇上的豫剧团演出,你必须跑到舞台上坐在乐队一边,才能真正领略音乐的奥秘。我们袁家二哥那个边鼓敲得真叫一个好。我们说,乐队是一场戏的首脑,是不是就是刚才龚总所说的决策层? 而一台戏里场面中的边鼓,则是乐队的指挥,是一台戏的决策层。我看着袁家二哥摇头晃脑地进到剧情里,也就跟着忘情,一场戏下来,我的手也没有停过,袁家二哥在边鼓上敲,我在膝盖上拍,什么叫板、快板、慢板、飞板、压板、裁板、流水、二八、呱嗒嘴,就是闭着眼睛,我的手也能跟上拍。袁家二哥不但敲边鼓,有时还打小抄锣,仓才仓才仓才仓! 虽说我没有登台演出,可是我对豫剧乐曲的熟悉,就像用自己的左手握右手一样。

2016 年,我随一帮摄影家去内蒙古包头一个名叫温都不令的村庄,晚间村里的乡亲演"二人台",我拾起梆子就跟上了他们的节奏。同行的朋友都稀罕,你也会这个? 我笑了,说,童子功。一帆,不怕你笑,去年我编剧的电视剧《谁与同行》在嵩山脚下的登封拍摄,我们一帮人去卡拉 OK,当时放了《七品芝麻官》里一个唱段,点曲的人因出去接电话,我就接过来话筒,没想一段

藏族老人

摄影:江媛,2020 年 6 月 26 日,壤塘县吾依乡

从来没有唱过的戏,我竟然跟着曲调能准确地唱下来,而且味道十足。没办法,骨子里的。这就是龚总说的机会,机会总是给有准备的人,这话充满了哲学的意味。现在如果说我小说里有民间戏曲、民间音乐的元素,那也是自然流淌,是我的生活与血液里本来就有的。

比如唢呐这种乐器,我是熟悉的。为什么熟悉?因为我大妹夫一家都是吹唢呐的,梅家的唢呐,祖孙几代延续下来,至今在我们颍河镇一带远近闻名。我们颍河两岸许多人家有红白喜事,都会提前到梅家"写单"。不瞒你说,我也曾经跟着他们的唢呐班一起到乡下"出门",有一次是一户人家安葬老父亲,有一次是人家娶媳妇,我跟着妹夫敲梆子,唢呐那曲调的高昂与悲怆、欢快与忧伤,常常使我不能自已。当然,其间也大碗喝酒、大块吃肉,兴致好时还会和不认识的老表猜枚划拳,走在乡间无人的树林吊几声嗓子。1990年我曾写过一部题为《爱情与颅骨》的中篇小说,可在杂志上发表出来时,小说题目被主编改成了《唢呐声咽》,可见小说里的民间音乐元素有多重。应该说,我们的民间音乐,是最具人情味的,是有温度的,在这些民间戏剧与音乐里,收藏着我们的悲欢离合,具有最强烈的时代气息。就像我们刚刚经历的这场浩大的疫情一样,因为我们身在其中,我们才深刻地感受到疫情带给我们的恐惧与不安有多么强大,才有了我们今天上午这些疫情过后的感悟。

如果今天上午的交谈是从宏观上论述,那么晚间的这次大鹏与成都"沙友"聚会,则有些实战的味道。这次晚宴参与的"沙友"成员有"大美汉字"的创始人廖蓉,有四川大合锦农业科技有限公司的董事长梁小坤,有四川澄明食品有限公司的老总赵跃平,有成都弘毅天承知识产权代理有限公司的董事长杨保刚。因为杨保刚今天做东,他又有与大漠商学院合作的意向,于是,他一下带来了公司几个部门的负责人。说起来这是在成都,可是这些人大都与我们河南有着千丝万缕的联系。

廖蓉当初在北京创建"大美汉字",为做这个,她到过安阳的中国汉字博物馆,看甲骨文、金文、简牍和帛书,到过淮阳太昊陵,去拜人祖伏羲,你知道,那是我的故乡呀!到漯河去拜许慎,《说文解字》吗?当然,《说文解字》里还没有甲骨文。因为甲骨文 1899 年才被发现,这些都在我们河南境内。赵跃平的澄明食品,说白了就是做火锅食材的,他的品牌叫"七个番茄一锅汤",他的合伙人你知道是哪里人?鹿邑,那是老子的故乡,也是我们周口的,他们在那里流转了上千亩的农田,全都种植番茄。据说"弘毅天承"是目前国内最具规模的知识产权代理公司,可杨保刚是我们河南南阳人。加上这次与我同行的队友,这些人构成了中国目前的中产阶级,而他们最大的特点是民营,像梁小坤的柑橘、枸杞、香蕉都种到越南、缅甸去了。这帮中产阶层不可小觑,在我们这个灾难重重的国度,他们仿佛对我们构筑了一种希望。

在刚刚过去的晚宴上,我们静静地坐着,听廖蓉这样来描述她此刻的心情:走沙漠时,我是年龄最大的,旅友中年纪小的比我儿子还小,我们说坚持走完最后五公里,其实最后一公里都特别难,我的最后一公里是爬着完成的,当我到达目的地之后,真的感触很多。你想,我最初是做服装生意的,钱来得容易,所以对钱的概念不是很在意。我现在做与汉字相关的工作,是真正受了触动,我们的拼音在教育上出了问题,你想,现在我们每个人使用的身份证上都能出了错别字,这真是中华文明的耻辱。我知道做这个艰辛,但不知道有那么艰辛。那次走沙漠时是我最迷茫的时候,等走完了沙漠回到北京,我就想明白了,我把手上的两套房子卖掉,继续投到"大美汉字"里,然后把公司搬回成都来。但没想到,今年的疫情期间,"大美汉字"线上有十万人在用,同时也正式进入了几个省(区)的教学系统,因此我看到了希望。我是真的很感谢大鹏,感谢大漠商学院。

梁小坤接着说:大漠商学院对我们来说,真的是一个平台。你看,杨总的公司在天府二街,而我的公司在天府一街,尽管很近,如果不是大漠商学院,我们真的很难像今天这样坐在一起。

是的,我们从这里,仿佛看到了一种自由的结合,一种自由、民主与平等的精神。我们希望行走变得轻松起来,就像在喇荣五明佛学院里成千上万的信徒,被自由地淹没在《大藏经》那浩瀚的文字里,一代又一代,像我们所有人一样,在文字里沉浮,去寻找生命的真谛,去寻找与生死相关的六道轮回,去寻找我们丢失的灵魂。这就像我们在不同的寺院里的不同时段看到的那些手持转经筒的面孔,他们手中经筒转动的声音,在清晨、在中午、在傍晚,在雾气潮湿的春季,在阴雨连绵的秋天,在泥石流滑落山体与地震撕开大地吞食我们生命的时刻,或者在阳光照耀着河流对面山岗上的树林时,自由地来到我们生活着的世界里,就像崇山峻岭里那些任意奔腾的河流,就像天空自由飞翔的鸟鸣,就像我们一直讨论的音乐与小说的关系。

6月29日上午8点20分:成都双流机场

一帆,今天一早就想着还有一个具体的问题没有回复你,就是我写作时会不会放音乐。到了机场后正好成都至郑州的 CZ3474 航班登机还有一点时间,我就回复你这个问题。

其实,在以往的文字里,我已经回答过你,我写作时会放音乐:有时会是《大峡谷》或者班德瑞;有时是迈克尔·杰克逊或者惠特妮·休斯顿;有时是杰基耶夫指挥、马林斯基剧院管弦乐团演奏马勒的《复活交响曲》,或者内田光子的钢琴;有时可能是《穿过骨头抚摸你》《来自格莱美的喝彩》,或者是《来自奥斯卡的传奇》;你看,现在网络这么发达,我也会放一些像"中国古典音乐家网""器乐好声音""音乐向左""欧美经典音乐""古典音乐""音乐有话说"这样的微信公众号里的音乐,没个准儿,拿到啥是啥,就

莱昂纳德·诺曼·科恩

像一日三餐。

　　但偶尔还会挑食：有时会想到莱昂纳德·科恩，有时会想到路易斯·阿姆斯特朗，有时可能是米沙·麦斯基①，有时可能是卡蒂雅·布尼亚季什维莉②，而有时可能是纳西族的东巴舞曲。想到了，就把他们请来和我一起共度某段时光。常常是这样的情景：写着写着，我就把他们给忘了，他唱他的，我写我的；有时候，我会忍不住一边写一边跟着他们哼。民谚说，常在河边走，哪有不湿鞋？有时候写着写着，文字里就不免融入了他们的气息，有了一

———————————

　　①　米沙·麦斯基，1948 年出生于拉脱维亚，在苏联接受教育后移居以色列，他是世界上唯一有幸随格雷戈尔·皮亚蒂戈尔斯基和姆斯蒂斯拉夫·罗斯特罗波维奇两位当代大提琴巨匠研习琴艺的大提琴家。他的演奏将诗意、精致的优雅感与强烈个性和辉煌技巧融为一体，被罗斯特罗波维奇称为"年轻一代大提琴家中最杰出的天才之一"。

　　②　卡蒂雅·布尼亚季什维莉，1987 年 6 月 21 日出生于格鲁吉亚的首都第比利斯，法国籍格鲁吉亚裔钢琴演奏者。2011 年，发行个人首张专辑《弗朗茨·李斯特》；2016 年，凭借个人独奏专辑《万花筒》获得古典回声奖"年度最佳独奏录音"；2017 年，发行个人专辑《拉赫玛尼诺夫第二与第三钢琴协奏曲》；2019 年，发行个人独奏专辑《舒伯特》。

路易斯·阿姆斯特朗

些他们的味道。

　　就到这儿吧,很快就要登机离开了。关于音乐与小说,似乎有说不完的话题,可是最终又会因重新开始的旅途中断。你看,这会儿还没有离开,我就开始怀念在路上所经历的一切:怀念那没完没了的山间峡谷与川流不息的河流;那像高耸在印象派绘画里的蓝桉;那蓝天下被刻意涂成土黄色、藏红色、黑色、白色的寺院——你有没有觉得,在高原,人们对色彩的感觉会更敏感,在藏区,即便是阴雨天你也能感觉到寺院的金碧辉煌,一座座被香客与牧民供养着的寺院,就像我在欧洲旅行时每到一处能看到的尖顶教堂一样,是最引人注目的地方:东正教、天主教、基督新教,这些同我在青藏高原上行走时所感受的一样——不同的教派——宁玛派、萨迦派、噶举派、格鲁派、觉囊派,包括藏地古老的本教——都自然而倔强地在自己所倡导的教义里行走。

米沙·麦斯基

青藏高原，我还会回来吗？会的，如果上帝许可。不知为什么，这会儿我的耳边却响起了《钟楼怪人》里的歌声：

大教堂的时代已然来临，

世界进入了一个新的纪元，

人类企图攀及星星的高度，

在彩色玻璃或石块上，

镂刻下自己的事迹

…………

　　哎，一帆，差点忘了，有件小事我一直记着与你分享：22 日，我们在黄龙溪古镇时遇到了一个卖花的当地妇女，她卖的花叫黄桷兰，俗称白兰，那是她从自家的树上采下来、还没有来得及开放像圆珠笔杆一样粗细、有我们食指前两个关节那样长短的花蕾，她把这些花蕾穿成像项链一样的花环，这样就可

卡蒂雅·布尼亚季什维莉

以挂在脖子上,或者挂在汽车里,那花有一种十分特别的让你闻过就难以忘怀的香味。那个时候天正下着小雨,在一个遮阳伞下我就买了两串分别送给了同行的阿月浑子与刘子蕊,你还记得我和你说起过的那个与你年龄相仿的在西班牙留学的女孩吗? 其实,生活的美好总是由一些细小的事件构成,比如在旅途中,你总会遇到一些你意想不到的喜悦。那天上午我们刚出成都不久,我们乘坐的 3 号车就爆了胎。在等候修理的时候,蔡子给我们送来了一兜刚从树上摘下来的青紫色的杏子,哎,那可真叫可口。随后孔梦雪也买来了一兜新鲜的橘黄色的枇杷,那果肉真的叫一个新鲜。

这就是我们人生的旅途,我们之所以总是渴望在路上,或许,就是希冀不断地与偶然又必然的事物相遇。

好了,登机的时间到了,关于音乐与小说的话题,我们就先聊到这儿吧。一休说的,就到这儿吧,嗯,就到这里! 希望我这一路的唠叨,能对你有所帮助。

祝你快乐,如期完成你的毕业论文!

三江源
的
野生动物
——一位野生动物摄影家的讲述①

①　此记录片脚本与江媛合作。

三江源的野生动物

#・空白的亚洲地图中的青藏高原。

一只拿铅笔的手在青藏高原图上画出唐古拉山脉、巴颜喀拉山脉、昆仑山脉的方位与走向。

字幕:唐古拉山脉、巴颜喀拉山脉、昆仑山脉

【画外音】

有约二百四十万平方公里面积的青藏高原,是中国陆地总面积的近四分之一。今天,我们说的三江源,就位于青藏高原中部。

#・铅笔画出澜沧江源所在地杂多县、吉富山麓扎阿曲的谷涌曲。

字幕:位于青海省玉树藏族自治州杂多县境内

画出澜沧江与湄公河;标出中国、老挝、缅甸、泰国、柬埔寨、越南。

字幕:澜沧江、湄公河;中国、老挝、缅甸、泰国、柬埔寨、越南

【画外音】

澜沧江源出唐古拉山脉东北部青海省杂多县境内的吉富山麓,流经青海、西藏后在云南的勐腊县出境,始称湄公河;湄公河流经老挝、缅甸、泰国、柬埔寨后在越南的胡志明市入中国南海,是连接东亚与东南亚的一条长河。

#·铅笔画出玉树,通天河的几个源头:北源楚玛尔河、正源沱沱河、南源当曲;最后画出长江。

字幕:玉树、通天河、沱沱河;长江

【画外音】

位于唐古拉山与巴颜喀拉山之间的通天河支流沱沱河,是长江的正源;长江流经十一个省、自治区、直辖市,横跨中国西部、中部和东部三大经济带,是世界第三大流域。

#·铅笔依次画出玉树州曲麻莱县境内的黄河源约古宗列曲、星宿海、扎陵湖、鄂陵湖、玛多;最后画出黄河。

字幕:约古宗列曲、星宿海、扎陵湖、鄂陵湖、玛多;黄河

【画外音】

黄河源出巴颜喀拉山北麓的约古宗列盆地,星宿海是黄河上游的第一个

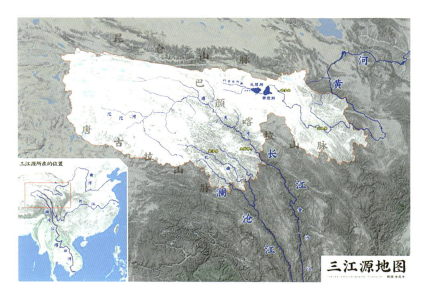

字幕:《三江源地图》，制图：古昆年

"加油站"，然后出扎陵湖与鄂陵湖，自西向东分别流经
中国境内的八个省、区，最后注入渤海。

【切至】

#·现实中的三江源地区:雪山、冰川、河流、沼泽、湿
地;扎陵湖、鄂陵湖。

【画外音】

澜沧江、长江、黄河像三株神圣的参天巨树，把自己
的树冠一同伸向了地球"第三极"——青藏高原腹地，这

在人类生存的地球上绝无仅有;由雪山、冰川、河流、湖泊、沼泽、湿地构成的巨大树冠一刻不停地滋养着水源;三条江每年携带六百多亿立方米的淡水流经广袤的大地;平均海拔四千五百米左右的三江源以其独特的地理位置、气候条件和丰富的野生动物资源,被誉为高寒生物自然种群资源库。这里的野生动物资源丰富,所以此地以其特有的地域特色和稀有珍贵的物种成为地球生物多样性的重要载体。

【切至】

#·达日县境内的黄河·白天。

一辆摩托车远远地出现在画面里,沿着黄河上游右侧的公路慢慢地接近我们,摩托车的声音在呼啸的河风里越来越响。摩托车爬上山坡,骑摩托车的是藏族青年根噶桑,他斜背着一个鼓囊囊的藏式挂包,从镜头前飞速而过。摩托车沿着黄河离我们越来越远,最终消失在黄河的尽头。

字幕:青海省果洛藏族自治州达日县境内的黄河

【画外音】

三江源地区没有明显的四季之分,只有冷、暖两季。

每年的 5 月至 9 月为暖季,相对比较短暂,在这个季节,野生动物随处可见。

而每年的 9 月至来年 5 月,是三江源的冷季,时间较长。这个由高山灌丛、草甸、草原与荒漠自然发育而成的高寒生态系统距离太阳最近,山峦绵延之上,湛蓝的天空任雄鹰自由翔翔。虽然高原环境对众多高原特有野生动物的生存显得十分艰难与残酷,但雪景是三江源最壮美的景色之一。野生动物在白雪皑皑的原野上狂奔着,在冰封江河的山谷里游荡着。

#·夏日乎寺背后的山岗·夏日乎寺·傍晚。

从望远镜里看到的山坡:一只岩羊出现在镜头里,又一只岩羊出现在镜头里;拉镜头、转全景,更多成群的岩羊远远近近地在夕阳下吃草。

字幕:国家二级保护动物:岩羊

望远镜移至峡谷里咆哮的黄河。

字幕:青海省果洛藏族自治州甘德县境内的黄河

望远镜往山下移动,夏日乎寺的建筑依次出现在镜头里。

字幕:甘德县境内的格鲁派寺院夏日乎寺

【画外音】

岩羊栖息在海拔三千五百至六千米之间的高山裸岩地带,以青草和灌丛枝叶为食,通身青灰色,其形态介于野山羊与野绵羊之间。岩羊能一下跃上三米高的岩石,纵身下跃十米而不致摔伤,其攀登的本领在动物中无与伦比。两岁的岩羊已能在秋末冬初交配,岩羊的怀孕期在五至六个月之间,幼羔三个月后即可断奶。成年岩羊一般体重为七十千克,寿命在二十年左右。喜欢群居的岩羊常常几十只一起活动,也能结成数百只的队伍。岩羊的天敌是雪豹、狼,以及金雕等大型猛禽。在三江源地区,岩羊同藏狐、黄喉貂、兔狲、猞猁、藏原羚、豹猫、马鹿、棕熊等一起,被列为国家二级保护动物。

#·夏日乎寺背后的山坡上的帐篷前·傍晚。

嘴唇干裂的图登华旦盘腿坐在帐篷前，手里端着望远镜在观察，他的身边放着装了长焦距镜头的相机。

【画外音】

因受海拔与气候条件的影响，三江源地区没有天然树木之类的遮蔽物，山大风大且风速较快，野生动物嗅觉十分灵敏，摄影家不能急速径直靠拢，只能利用山坡、河沟等有利的地形与风向去靠近野生动物。最好的做法是让野生动物在较远处便发现你的活动，利用几天的时间，

马鹿
摄影：图登华旦

让野生动物逐渐放松对你的警惕,渐渐适应你的存在。

　　根噶桑背着包沿着山坡爬上来。图登华旦听到声音,放下望远镜,回头看到了根噶桑。他放下望远镜一手支着身子站起来,由于坐的时间久了,他活动了两下手脚,迎着根噶桑走了两步,和他拥抱。

　　图登华旦:带什么好吃的?

　　根噶桑:酸奶,羊肉,还有水果。

　　图登华旦:哦,好吃的来了。

　　图登华旦接过根噶桑递过来的包,蹲下来,打开包从里面取出东西来。他忍不住先撕下一块羊肉吃起来。他一边吃一边对根噶桑说:帮我盯着点。

　　根噶桑拿起望远镜,朝远处的山坡观望。

　　图登华旦:哎,那个山崖。

　　根噶桑:都这会儿出来寻食吗?

　　图登华旦一边吃一边说:嗯。

　　根噶桑停下:您那帮学生晚上要来看您,要庆贺一下。

　　图登华旦:我在这儿都蹲十二天了,连个影子都没见着,什么庆贺?

　　根噶桑:雪豹真的醉血了?

　　图登华旦:嗯,就在那个山崖上。一个老乡看到那只雪豹捕住岩羊,它不先吃肉,而是先喝血,喝完后就醉了,不是喝酒醉了,是喝热血喝醉了,是醉血了……

　　图登华旦感叹道:如果让我赶上,我肯定会远远躲着,把那只雪豹拍个遍,拍它怎么从雪地站起来,拍它怎么去吃岩羊,拍它怎么慢慢地离开。咔嚓,咔嚓……

图登华旦说着拿起酸奶,喝了一口,朝帐篷看了看,然后走过去。

#·夏日乎寺背后的山坡上的帐篷内·傍晚。

一只幼小的岩羊卧在帐篷边的草堆里。图登华旦走过来,把它抱在怀里,给它喂奶:哎,来来来,开饭了,你这雪山的"小精灵"……

【切至】

#·夏日乎寺·傍晚。

从望远镜里看到的班玛仁脱雪山、夏日乎寺与黄河。

字幕:班玛仁脱雪山

【画外音】

夏日乎寺院后面的班玛仁脱雪山上有雪豹、藏野驴、猞猁,而数量最多的是岩羊。每年的夏季,为了尽可能让藏原羚和岩羊多吃点草,附近的牧民就会让山上的近千头牦牛转场;每年10月至次年5月草原牧草枯黄的日子,寺院里的僧人会上山给小羊们喂些颗粒饲料,当地森林公安局会送来可食的干草;当地的林业部门筹措资金,在寺院内的空地上修建了野生动物救护中心。

【叠化】

#·夏日乎寺背后的山坡上的帐篷内·夜晚。

图登华旦和几个牧民围坐在帐篷内,他们面前摆放着一些食物,坐在炭火上的茶壶冒着水蒸气。根嘎桑正在沏奶茶,图登华旦正在电脑里看牧民拍摄的照片……

【画外音】

为了保护黄河沿岸的野生动物,达日县德昂乡唐什加牧委会的十几个牧民自发组织了一个生态保护摄影小队,为了提高牧民们的摄影技术,图登华旦曾组织他们到省里参加一个摄影学习班。

图登华旦正在翻看手提电脑里的图片,自语:麝麝,是马麝……

图登华旦停下:这是在哪儿拍到的?

牧民甲:靠近多里多卡石经墙那边的山沟里。

图登华旦:现在马麝渐渐地多起来了,前些天我在一条沟里也见到了四头。

根嘎桑:以前都快被杀光了。

牧民乙:药用价值高吗?

图登华旦:大家都有了保护意识。

图登华旦又去电脑里看图片:不同姿势的马麝……

【切入】

马麝生活的影像资料。

字幕:国家一级保护动物:马麝

【画外音】

马麝是麝属动物中体形最大的一种,体重达十五公斤左右,栖息在海拔两千五百至五千米的针叶林和高山灌丛里。马麝的寿命一般为十二年至十五年,幼兽三岁性成熟,每年 12 月中、下旬进入交配期,次年 6 月底开始产崽,一般每胎两只。马麝生性多疑,后腿比前腿长约三分之一,臀部比肩高,虽然行动灵活、迅速敏捷,但雌、雄都没有角。因缺少自卫的武器,高原上的许多动物与猛禽都是马麝的天敌。2008 年,马麝已被列入《世界自然保护联盟》濒危物种红色名录。在三江源地区,马麝同雪豹、藏羚羊、野牦牛、藏野驴、白唇鹿、盘羊、金钱豹等一起,被列入国家一级保护动物。

【切出】

图登华旦停下观看:马麝和雪豹一样,喜欢在早晨和黄昏出来活动,白天它卧着不动,到了晚上才出来,你想拍它,只有早出晚归。

牧民甲:老师拍到过雪豹吗?

图登华旦:十几年之中,我只遇到过两次。一次天快黑了,光线弱拍不成,一次是它卧在黑洞里。

图登华旦说着伸手拿起鼠标,在电脑里找到一个文件,打开,调出自己拍摄的雪豹图片。

图登华旦:雪豹是真好看……

【切入】

图登华旦《雪豹专题》影像资料。

字幕：国家一级保护动物：雪豹

【画外音】

成年雪豹重达七十五公斤，粗大的尾巴与身体一样长，牙齿十分锋利。雪豹以高原动物为主食，常常在岩

雪豹

摄影：图登华旦

羊、盘羊活动地区附近隐藏,对猎物采取伏击或偷袭的战法。为了捕食,雪豹能从高崖上纵身而下,动作十分敏捷。除了发情期前后,雪豹栖息在海拔四千米以上的洞穴里,所以被称为"雪山之王"。大约在四百六十三万年前青藏高原隆起的时期,是雪豹与狮子的演化分歧时间;大约在二百六十万年前青藏高原形成的第二阶段,是雪豹演化成高原特有物种的关键时期。因为雪豹不能像狮子、老虎和美洲豹之间那样相互交配产育后代,所以雪豹处于高原生态食物链的顶端,是"高海拔生态系统健康与否的气压计"。由于各种因素的影响,雪豹的数量正急剧减少,三江源地区全境现存雪豹数量在一千只左右,是世界雪豹连片分布最集中的区域之一。

【切出】

#·帐篷内·夜晚。

图登华旦他们正在看电脑上的图片。

图登华旦:想拍到雪豹理想的图片很难,但有些时候,雪豹也会躺在高山裸岩上晒太阳。一旦碰上这种情况,拍出的图片就十分珍贵。

图登华旦看着身边的牧民:我们准备举办一个三江源野生动物摄影展,希望你们的图片都能入选。

根噶桑:希望能在展览上看到老师拍的雪豹。

图登华旦叹了一口气:这次怕是不行了。如果明天早晨还等不来雪豹,我就要往回撤了。你们闻闻,我身上是不是都发臭了?我回去第一件事,就是要好好洗个热水澡……

图登华旦看着他身边的牧民:但我不会放弃的,我会继续去寻找。

牧民甲:去哪儿呢?

图登华旦嘿嘿地笑了:要想找到雪豹,就得知道哪里有岩羊。

牧民丙不解地问:岩羊?

牧民乙:食物链嘛。

牧民丙明白过来:对对对,有岩羊的地方,就会有雪豹。

图登华旦:我要沿着黄河往上走,一直到黄河的源头。

#·黄河左岸·白天。

两辆越野车,后面还有一辆摩托车沿着黄河逆流而上。

越野车驶近,开车的是根噶桑。图登华旦坐在副驾驶座上。

图登华旦:其实,动物是很好相处的,特别是狼。我特别喜欢拍狼,特别是在严酷的环境下生活的狼。我拍的狼的片子不下一千张。有一次为了拍到好的图片,我就躺在地上,最初那狼还以为我是袭击它,它就跑开了。看我没动静,它又慢慢地回来,在离我七八米的地方看着我,然后慢慢地在地上卧下来。如果你没伤害它,它就把你视为朋友。万物有灵,在你生命里每遇到一种有灵性的物种,那都是缘分……

【切入】

图登华旦《狼的专题》中的获奖作品。

图登华旦:有时候拍到好片子还需要点运气。有一天,我们坐在湖边等待,我看到有一群鸟从水里飞起来,心想,什么情况,有野生动物出现? 随手就抓起相机,一看是一只狼在抓食物,我就跳起来,叭叭叭连拍了几张……这

狼

摄影:图登华旦

就是其中的一张。

【切出】

　　根噶桑突然停住了车,他指着车窗外黄河对岸的山梁:老师,您看……

　　图登华旦探身观望。他随手拿起望远镜推开车门,下车。

　　图登华旦手执望远镜朝黄河对岸的山梁上观望,自言自语说:白唇鹿。

根噶桑伸手指着另外一个地方：那儿还有。

图登华旦手中的望远镜移到根噶桑手指的地方：三只。

图登华旦把手中的望远镜交给根噶桑，自己回到越野车里，架起相机开始工作。

根噶桑在望远镜里看到的白唇鹿和图登华旦相机拍摄到的白唇鹿交替出现在画面里。

字幕：*国家一级保护动物：白唇鹿*

白唇鹿
摄影：图登华旦

【切入】

从空中看到的黄河。

【画外音】

白唇鹿的寿命可长达二十年,它的体形与马鹿相似。同马麝一样,白唇鹿也喜欢在早晨和黄昏觅食,主要以食禾本科和莎草科植物为主,也有舐食盐分的习惯。在野外,豺、狼和雪豹是白唇鹿的天敌,但它嗅觉与听觉灵敏,善于游泳,能渡过流速湍急的宽阔黄河水面。白唇鹿通体被毛、毛十分厚密,其毛皮保暖性能好。只有雄兽头上长有淡黄色的角。在冬季,马鹿因体毛为暗褐色,被称为"红鹿";在夏季,马鹿因体毛呈黄褐色,又被称作"黄鹿"。雌性的白唇鹿三岁时在每年的 10 月至 11 月即可参与繁殖,怀孕的雌鹿到第二年的 5 月至 7 月产崽;而雄鹿一般要到五岁才能参与交配,为了占有数只雌性,雄鹿之间的格斗也很激烈。

【切入】

图登华旦《白唇鹿的专题》获奖作品。

【画外音】

白唇鹿是很古老的物种,它曾经广泛地分布于喜马拉雅山的中部一带,考古学家曾在更新世晚期的地层中发现了它的化石。体长约两米、以集群方式活动的白唇鹿,在三江源地区被视为"神鹿"。在漫长的冬季,由于青藏高原近百分之八十的草场属于牦牛、绵羊与山羊,白唇鹿就来到家畜到不了的海拔五千米以上的高寒地域。

#·从空中看到的黄河·白天。

黄河两岸莽莽原野。

两辆越野车、一辆摩托车沿着黄河左岸逆流而上。

一只大𫛚从草地里抓着一只高原鼠兔,飞起来,落到路边的电线杆上。

图登华旦停下车,拿着相机捕捉大𫛚,自言自语道:大𫛚。

大𫛚的图像定格。

字幕:国家二级保护动物(鸟类):大𫛚

正在捕食鼠兔的大𫛚。

【画外音】

大𫛚是一种鹰科𫛚属的大型猛禽,体重在两千克左右。大𫛚的繁殖期在每年的 5 月至 7 月,雏鸟约四十五天后离巢飞翔,独自觅食。大𫛚生性凶猛、十分机警,白天以鼠类和鼠兔等为主要食物。

【切入】

图登华旦《大𫛚的专题》中的获奖作品。

大鵟
摄影：图登华旦

【画外音】

　　生活在三江源地区的大鵟为留鸟种群,它和雕鸮、鸢、高山兀鹫、纵纹腹小鸮,五种飞禽一起被列入国家二级重点保护动物。

【切入】

　　一只在天空中飞翔的高山兀鹫。
　　图登华旦拍摄的不同鸟类摄影作品。

【画外音】

在黄河两岸,随处可见不同的鸟类:有着沙褐色羽毛的地山雀,有着棕红色羽毛的红隼,有着黑色羽毛的渡鸦,有着栗红色额头的百灵鸟,嘴与脚呈红色的红嘴山鸦,还有羽毛通体黑褐色的秃鹫、褐白色飞羽的高山兀鹫。

\#·多里多卡天葬台·白天。

天空中的那只飞翔的高山兀鹫落在天葬台前。

高山兀鹫

摄影:图登华旦

字幕:多里多卡天葬场

那里聚集着一群兀鹫。

字幕:国家二级保护动物(鸟类):高山兀鹫

【画外音】

高山兀鹫是隼形目鹰科的大型猛禽,它的翅膀展开后可达到两米,能飞越珠穆朗玛峰,是世界上飞得最高的鸟类之一。栖息在三江源的高山兀鹫经常聚集在天葬台周围,等候啄食尸体,或者病弱的大型动物。

#·多里多卡石经墙·白天。

位于黄河边的多里多卡石经墙,一个正在打擦擦的藏民。

字幕:正在打擦擦的藏民

图登华旦和根噶桑、牧民甲、牧民乙等,在石经墙那里拍摄飞翔的鸟类。

字幕:多里多卡石经墙

根噶桑指着黄河对岸:老师,那儿您去过吗? 我们在那儿也拍到过白唇鹿。

图登华旦笑了:这里的每一条沟、每一道山梁我都走过。你要知道,越是不好走的地方我们越要走,那样才可以碰到野生动物。

#·黄河右岸·白天。

图登华旦的越野车,沿着黄河逆流而上。

　　三江源地区的野生物种,无论是水里游的、地上跑的,还是空中飞的,图登华旦都拍到过,他几乎走遍了三江源地区的每一道山梁,到过三江源地区的每一条河流。在路途中,每看到一种野生动物或飞禽,图登华旦对它的种类与生活习性都如数家珍,俨然是一位高原动物学家。他能从这些鸟类、动物的身上看出它们的孤独、兴奋、不安与痛苦。

　　#·吉迈镇·黄河·夜晚。
　　图登华旦的越野车开进县城。
　　字幕:青海省果洛藏族自治州达日县政府驻地:吉迈镇

【叠化】

　　#·吉迈镇·山顶·格萨尔塑像·白天。
　　格萨尔骑马的塑像。
　　字幕:以藏族英雄史诗《格萨尔》中的格萨尔形象为蓝本所造塑像
　　拉镜头,转全景,从这里看到的穿城而过的黄河。
　　黄河左岸的公路上,两辆越野车逆黄河而上。

【画外音】

　　长期以来,由于特殊的地理环境,处于三江源地区的果洛,一直被人们视为一个遥远而神秘的地方。藏族英雄史诗《格萨尔》的故事就发生在这里。

【切入】

2019年中央电视台春节联欢晚会上的阿尼玛卿雪山背景图。

字幕:2019年春节联欢晚会:阿尼玛卿雪山。摄影:图登华旦。

【画外音】

雄伟壮丽的阿尼玛卿雪山,就是格萨尔本人的寄魂山。

【切入】

黄河源头的扎陵湖。

字幕:黄河源头的扎陵湖

【画外音】

黄河源头的扎陵湖与鄂陵湖是《格萨尔》里岭国的神湖,也是岭国百姓的寄魂湖,还有十三座"则拉"和九座"电保"等神山,多数在果洛境内。

#·格萨尔狮龙宫殿·白天。

两辆越野车路过格萨尔狮龙宫殿。

字幕:位于达日县境内的格萨尔狮龙宫殿

【画外音】

果洛人认为,果洛的山水养育了岭国人,这里是英雄格萨尔的真正故乡。

#·查朗寺·白天。

两辆越野车从查朗寺边的公路上驶过。

字幕:位于达日县西部的宁玛派寺院查朗寺

【画外音】

1936 年,图登华旦的父亲出生在四川省甘孜州石渠县。六岁那年,他来到了四川的白玉寺修习,后被指派到查朗寺。

#·果洛和平解放纪念碑·白天。

两辆越野车开过来,在纪念碑的不远处停下来。

字幕:果洛和平解放纪念碑

图登华旦和妻子从一辆越野车里下来。

妻子打开后面的车门,图登华旦的母亲从车里下来,图登华旦夫妇搀扶着母亲朝纪念碑走来。

众人来到纪念碑前,图登华旦的妻子扶着母亲,为纪念碑献上哈达。

【画外音】

1952 年 8 月,查朗寺指派十六岁的图登扎喜在黄河边迎接中国人民解放军西北军政委员会果洛工作团渡过黄河。最终工作团抵达查朗寺,果洛宣告和平解放。因持有武器,当年西北军政委员会果洛工作团不能进入查朗寺,就驻扎在这里。2008 年,经图登华旦的父亲图登扎喜建议,县里在这里修建了"果洛和平解放纪念碑"。

#·黄河岸边·白天。

两辆越野车停下来。

图登华旦和妻子、母亲先后下车,图登华旦的妻子来到另外一辆越野车里,提出两包吃的东西,图登华旦忙过来接着,打开自己车的后备箱,往里面装东西。

图登华旦回身看到母亲看着他,走到母亲的身边:阿妈。

母亲:昨天刚回来,又要走?

图登华旦笑了:阿妈,天气预报说这两天玛多有雪。

母亲:冰雪路上注意安全,三宝保佑平安归来。

图登华旦上前,拉起母亲的手,把它放在自己的额头前。

母亲:去吧,去吧。阿妈知道你。

图登华旦又笑了:阿妈。

图登华旦离开母亲,妻子叮嘱他几句后,图登华旦上车。

图登华旦的母亲和妻子望着,图登华旦的越野车沿着公路慢慢驶离。

#·越野车内·白天。

图登华旦开着车,从倒车镜里看到母亲哭了,他的眼睛也湿润了。他擦干眼泪,打开车窗,吹风。

【画外音】

在收入《三江源野生动物图录》中的三百七十九种野生动物和野禽的名录中，图登华旦一人就提供了一百三十多种。

#·黄河边·前往黄河源头途中·白天。

一只大鵟扇动着翅膀从山坡那边飞过来，落在电线杆上，注视着身下的草甸，机警地寻找着食物。

一只高原鼠兔从洞穴里钻出来，谨慎地活动着。

字幕：高原鼠兔

高原鼠兔

摄影：图登华旦

　　三江源地区天然草地以高寒草甸为主,这里生长的低矮的植株最适宜高原鼠兔活动。高原鼠兔是三江源地区最常见的一种小动物,大都成对穴居生活,其洞穴比较复杂,仅洞口就有三至五个。每年的夏季是高原鼠兔的生育季,其妊娠期约为一个月,一年数窝,每窝两至六只。一直以来,高原鼠兔在放牧的草场内的大量繁殖,及挖掘地洞的行为,造成了大规模的草原退化和沙化,因而它被认为是一种有害生物。但也有研究者指出,鼠兔的存在会减少地面径流和洪灾的发生概率。同时,高原鼠兔也是棕熊、猞猁、艾虎、狼、赤狐、藏狐、狗獾等地面动物与大鵟、草原雕、苍鹰、猎隼、红隼等猛禽的食物。

　　#·特合土乡宗教活动点前·白天。

　　达日县特合土乡宗教活动点,村民们正在转经。

　　旦正和图登华旦正在往越野车上装旅途上的生活用品。

　　字幕:达日县特合土乡驻村干事旦正

【画外音】

　　在三江源地区,村里的每个牧民家中,都会分配到一个草原管护员名额,或者生态公益林管护员名额,或者湿地管护员名额。所有的管护员每月由国家发放一千八百元的工资。这些由草原管护员、生态公益林管护员、湿地管护员构成的宏大队伍最主要的任务之一,就是对野生动物的保护。

棕熊

摄影:图登华旦

#·黄河边·前往三江源途中·白天。

越野车开过来,开车的是旦正。

碰到一家牧民赶着牦牛在转场。

牦牛走在路的中间,根本不给后面过来的越野车让路。

【画外音】

果洛境内的游牧民大多有三个草场:每年 5 月,也就是眼下这个季节,是要从冬季牧场转到夏季牧场。

\#・图登华旦用藏语同转场的牧民交流。

图登华旦：藏语分卫藏、康巴、安多三种方言，卫藏和康巴方言语音比较接近，与安多方言差别较大。藏语的方言差别主要表现在语音以及词汇上，安多方言语音差别突出的是复辅音声母，比如，粤语和闽南语都是汉语，但如果两个持不同方言的人用方言交流，那就存在着一些困难。但这方面，在我，不存在障碍。你说安多语、康巴语我都能听得懂，所以我可以走遍藏区，在交流上没遇

兀鹫

摄影：图登华旦

到过什么问题。

#·越野车在成群的黑色牦牛群里慢慢地走着,有无数纷乱的牛角在空中晃动。牦牛们一边走一边相互挤撞,气息从它们的鼻孔里吸进又呼出,发出哧哧的声响。

图登华旦吹着哨子驱赶贴近车身的牦牛。

【画外音】

果洛境内的黄河上游,属安多藏区,这里广阔的草原为牧民提供了生存空间,并相应地产生了高原游牧文化。卫藏是佛法兴盛之地,康区人长得高大英俊,而安多是产宝马的地方。虽然生活在安多藏区,由于籍贯,在图登华旦身上时常会体现出康巴汉子的性格特质:豪爽、重情重义、爱开玩笑,让人感到温暖。

#·玛多县境内和科寺·白天。

越野车行驶在高原上。

和科寺越来越近。

字幕:果洛藏族自治州玛多县境内的宁玛派寺院和科寺

一只雄鹰在高空中飞翔。

字幕:国家一级保护动物(鸟类):胡兀鹫

越野车行驶在和科寺旁的山路上。

鹗

摄影:图登华旦

　　几只在荒野上吞食的胡兀鹫。

【画外音】

　　胡兀鹫体重通常在五千克左右,体长在一米四左右,它因吊在嘴下的黑色胡须而得名,会在海拔四千米左右人迹罕至的悬崖峭壁缝隙里,建几个巢穴来繁殖自己的后代。胡兀鹫的繁殖期在每年的 12 月至次年 2 月,孵化期五十五至六十天。一般情况下,第二只雏鸟会在第一只破壳一周之后出壳,在食物紧缺的情况下,这只小雏鸟会成为大雏鸟的充饥之物。在孵化期,有时会有两只雄性、一只雌性胡兀鹫一起生活,来共同照顾它们的鸟巢。

【切入】

图登华旦《胡兀鹫专题》获奖作品。

【画外音】

胡兀鹫的视力很好,在视网膜的斑带区中央凹内的视觉细胞有一百五十万至二百万个,大大高于人类在同样区域的二十万个视觉细胞。胡兀鹫是飞行能手,可飞越超过海拔八千米的高峰。为了寻找动物尸体,它们常常利用高原的上升气流在高空中翱翔。

#·黄河与草甸·白天。

越野车停下来,图登华旦和旦正下车,他们观看天空中翱翔的胡兀鹫。

图登华旦:拍好拍不好不说,要在场。要在不同的季节,看到不同的黄河:夏季蓝色的黄河,冬季冰天雪地里的黄河。你看这金色的兀鹫,大胡子,眼睛特别好看。它能把大骨头叼到一百米的高空,对着下面的大石头丢下来摔碎,多智慧。你看它的姿势多么优美,整个世界都在它的飞翔里生动起来。

#·在天空中飞翔的胡兀鹫。

【画外音】

胡兀鹫性情孤独,经常单独活动,主要以大型动物尸体为食。胡兀鹫的喉咙宽七十毫米,非常有弹性,可以吞下直径从二十五毫米至三十五厘米的整块骨头。在三江源地区,胡兀鹫与白尾海雕、黑颈鹤三种飞禽一起被列为国家一级保护动物。

#·玛多境内的岗纳格玛措·白天。

越野车驶近岗纳格玛措。

字幕:玛多境内的岗纳格玛措

【画外音】

因受地列山和狼青卡欧山约束,黄河河道在这里突然变狭,河水下泄不畅,泛滥后在河漫滩低凹地积聚成湖泊。果洛淡水湖泊众多,有较大湖泊一百多个,总面积1673.8平方公里,其中食物资源丰富的岗纳格玛措,就是野生动物和鸟类栖息的重要湿地。

#·越野车停下来,图登华旦和旦正下车。

鹅黄色的草甸上,有成群的、黑压压的鸟栖息在湖边的浅水区里。不知是什么惊动了它们,鸟群从湖水中起飞,翅膀拍打湖水的声音持续地响个不停,那群鸟在低空里形成了一个庞大的黑灰色的云带,云带在移动。

有更大的鸟从湖边的岛屿上飞起来,是黑颈鹤。

字幕:国家一级保护动物(鸟类):黑颈鹤

黑颈鹤在天空中飞翔。

黑颈鹤

摄影：图登华旦

【画外音】

　　黑颈鹤是栖息在高原淡水湿地的大型飞行涉禽，身长约一百二十厘米，体重在四千克至六千克。全身灰白色，颈、腿比较长，因颈的上部约三分之二为黑色，故称黑颈鹤。藏族牧民对黑颈鹤十分喜爱，称之为"神鸟"或"吉祥鸟"，在《格萨尔》中黑颈鹤是给格萨尔王送信的"仙鹤"。

【切入】

图登华旦《黑颈鹤专题》获奖作品。

【画外音】

黑颈鹤用尖嘴在浅水中捕捉动物或从泥土中掘取食物,每年的 3 月底至 4 月初,从越冬地飞至三江源地区的沼泽地带开始配对求偶,5 月至 7 月进入繁殖期,孵卵期在三十至三十三天。雏鸟早成熟,孵出后的当日即能行走。由于雏鹤天生好斗,三天内的成活率只有百分之六

藏原羚
摄影:图登华旦

十,直到四十三日之后,斗殴行为方才消失,因而雏鹤的成活率较低。1996年,黑颈鹤被列入中国濒危动物红皮书中,濒危等级很高。

#·湖面上由鸟组成的那条移动的黑灰色云带下面,是一群正在悠闲吃草的野生藏原羚。

字幕:国家二级保护动物:藏原羚

奔跑的藏原羚。

【画外音】

藏原羚是反刍动物,以各种草类为食,身长在一百厘米左右,体重在十五千克左右,是青藏高原特有物种,有"西藏黄羊"之称,在三江源地区的藏野驴、藏羚羊、野牦牛、岩羊、盘羊中等蹄类野生动物中,藏原羚的数量是最多的。藏原羚的发情期为冬末春初,每年繁殖一次。雌兽的怀孕期为六个月,产羔期集中在 7 月,每胎产一羔或两羔,产下不久的幼羔即能活动,数天后就能奔跑。藏原羚的听觉和视觉极好,能在几公里外感觉到天敌的存在。

更重要的是奔跑速度,藏原羚能在几秒钟之内达到每小时八十公里,能一连跑上几小时。狮子最快的速度不足每小时七十公里,就是号称"奔跑之王"的猎豹,最高速度也才每小时八十公里,而且最多只能跑半小时。

图登华旦:分辨藏原羚和藏羚羊最简单的方法,就是看哪个有"白屁股"和雄性角的长短。

\#·吃草的藏原羚。

【画外音】

藏原羚奔跑时,它那雪白的屁股在阳光的照射下闪闪发光,就像身上悬挂着一面镜子,因此藏族牧民又称它为"镜面羊"。因商业与药物价值而产生的非法偷猎与过度的放牧导致的生态环境的改变,加上自然界的雪灾,使藏原羚大量死亡。1988 年,藏原羚被列入由中国政府颁布的《国家重点保护野生动物名录》。

\#·在岗纳格玛措对岸绵延的山峦的顶端,是白色的雪峰,在雪峰的上面,则是蓝色的天空;在蓝色的天空里,斜挂着长长的絮状云丝,一条又一条,无尽而柔美。

在天空中飞过的不同鸟类。

图登华旦:像鹤、雁、天鹅这些都是候鸟,而像高山兀鹫、雕鸮这些猛禽则都是留鸟。

【画外音】

在三江源地区栖居的所有的野禽,包括黑颈鹤、斑头雁、棕头鸥,包括藏雪鸡、白马鸡、高原山鹑、大杜鹃、岩鸽、斑鸠、鸬鹚、戴胜、大嘴乌鸦、红嘴山鸦等,只要它从图登华旦眼前飞过,他一眼就能辨认出来是什么。

#·黄河源头的河流与草甸·白天。

行驶的越野车停了下来,图登华旦和旦正下车,他们检查汽车的轮胎,发现汽车的前面右侧的轮胎出了问题。

图登华旦他们开始更换轮胎。

【画外音】

虽然野生动物大多有自己的活动范围,但它们不定的行踪和三江源特殊的地形仍旧让野生动物的拍摄变得困难重重。搜寻野生动物的工作艰苦卓绝,在这个过程中也会遇到陷车、爆胎等事故发生。

图登华旦:有一年的初冬下了一场暴雪。那天下午,我们碰到一群藏羚羊,当时风雪又特别大,可我哪里还管得了这些? 就下去拍,拍呀拍呀,还讲什么冷不冷? 可等到晚上回来看图片时,就感觉到手指针扎似的疼。当天晚上就发烧,过了几天,手指都紫了。万幸的是手指没有坏死,没有截肢。因为当时太兴奋,连自己被冻伤了都不知道。

#·旦正换好了轮胎,收拾东西,装车。

图登华旦:为了拍摄,我得过三次雪盲症。雪盲太痛苦了,两只眼睛一睁,就撕心裂肺地疼,你根本睁不开眼。最糟糕的一次是在格拉丹冬雪山,两辆车进去,其中三个人雪盲,等撤到唐古拉山乡时,痛苦得都快死了;等回到西宁,吃止痛药,吃退烧药。

\#·黄河源头的河流与草甸·白天。

行驶的越野车,且正在开车,图登华旦坐在副驾驶位上。

图登华旦:还有一次去拍阿尼玛卿雪山。平常翻山越岭我都会带一些糖果或饮料,但那天走得急,把这事给忘了,在海拔五千米以上,徒步走上去。可等回来时,我患了低血糖,人光出虚汗,走不动了,好在那天我有徒弟跟着,我这条命就是他给捡回来的。后来果洛的朋友送了我一个外号叫"疯子"。确实是这样,一遇到野生动物,我就不想放弃拍摄。心里想着,可能一生只遇到一次这样的机会,失去不会再来。就会不知不觉地跟上去。有时翻过几个山头,也不觉得,体力好时,也不管这些,别的都给忘记了。越走越远。

\#·黄河源头的河流与草甸·白天。

行驶的越野车,天开始飘起雪花来。

图登华旦:下雪了。每年我都在等着下雪,哪个地方下雪,我立马就往哪个地方出发,赶去拍点东西;没人去,我就自己去;今年下第一场雪时,我在玛多扎实待了七天,拍了七天,可最后令自己满意的却没有一张。如果一张片子自己都不满意,想让别人满意就更难了。你知道,雪地里拍摄确实有难度,比如那条在水里捕鱼的狼……

【切入】

图登华旦《狼的专题》中的获奖摄影作品。

图登华旦:这就是上帝赐给我的,不是谁想拿到就拿到的,因为你一直在场,你在,就是最大的优势;你出生在这儿,在这儿成长,这是上苍赋予你的,试想一下,地球上有几个三江源? 这么多的野生动物,没有什么可以替代它们。这是高海拔地区,我能在那么艰苦的地方一待就是几个月,就要拿出一些有分量的东西,别人接触不到的东西,不说图片的艺术水准多高,至少这种野生动物是我第一个拍出来的。

旦正:老师,像您这样一拍就是十几年的,恐怕还没有第二个。在恶劣的环境下,您是冒着生命危险的。

图登华旦:图片的意义和价值在哪儿? 我就是想以艺术的形式,去追求拍下野生动物形象的历程。我想给世界一个惊喜,世界上这么多人,有多少人能到三江源看到这么美的鸟类,这么美丽的野生动物……

#·行驶的越野车,雪花越来越稠密。

【画外音】

面对高原这些明朗的野生动物,我们现在只能赞美,由衷地歌唱。在一张优美的、让人感到震撼的照片后面,同时也隐藏着一个人的生命经历,那个手拿相机的人,为我们记录下了野生动物们带有情感的生命历程,这些照片

藏野驴
摄影：图登华旦

同时也是摄影家们的生命经历的真实写照。用影像记录
高原野生动物动人的一个个瞬间，就是图登华旦这个康
巴汉子对三江源无尽的爱的表达。

　　#·飞雪中的广阔草甸上，在远处的山峦之下，在有
牦牛群的更深处，我们看到了成群的藏野驴。

　　字幕：国家一级保护动物：藏野驴

　　越野车停下来。

图登华旦开始工作。拍摄时他的身子往后仰着,那架硕大的相机架在前端摇下了玻璃的车门上,后面架在他的肩膀上。他努力地往后仰着身子,屏住气,嘴里念念有词,全神贯注地注视着镜头里的一切。在工作时他专注、一丝不苟。他凝视着荒原上那群吃草的藏野驴,忘记了自己。

流动字幕:图登华旦,1964年出生于青海果洛,供职于青海省果洛州达日县文体广电局。国际摄影家联盟(GPU)会员、英国皇家摄影学会(RPS)会员、青海省摄影家协会副主席。

图登华旦有五百余幅摄影作品先后在国内以及英国、法国、意大利、奥地利、荷兰、阿根廷、伊朗、日本、韩国等国家和地区的大型影展和影赛中获得过金、银、铜、勋章及入展奖。其中《神山之光》被世界自然基金会(WWF)收藏,《醉阳》被英格兰皇家艺术基金会(NGO)收藏;作品发表于《中国摄影报》《大众摄影》《中国国家地理》等多家刊物。《神山星辰》等二十余幅摄影作品录入《中国摄影艺术年鉴》;曾先后获得"三江源生态保护与建设工作"摄影贡献奖;第二届"故乡的路"中国少数民族摄影师奖;第五届中华艺术金马奖;"藏羌彝走廊"2019年度艺术突出贡献奖;因在2017年内共获得一百三十一项国际各类影赛影展奖,由视觉中国、中华艺术"金马奖"组委会联合主办的"全球华人摄影十杰"组委会评审,图登华旦被授予"全球华人摄影十杰"称号。

【画外音】

藏野驴原产于青藏高原,生活于高寒荒漠地带,体长两米左右,体重在二百五十至四百公斤之间。每年 8 月至 9 月,是三江源地区藏野驴的繁殖交配期。藏野驴每胎产一崽,幼崽出生时体重可达三十五公斤,藏野驴的寿命一般在二十岁左右。藏野驴有集群活动的习性,极耐干旱,可以数日不饮水。雌驴、雄驴和幼驴终年一起过游荡生活。聪明的藏野驴在干旱缺水的时候,会用蹄子在河湾处的沙滩上选择地下水位高的地方"掘井"。它们能刨出深半米左右的大水坑,除自己饮用外,还为藏羚羊、藏原羚等动物提供了水源。

【切入】

图登华旦《藏野驴的专题》中的获奖作品。

【画外音】

藏野驴有一个极特殊的习性,喜欢与汽车赛跑。有时藏野驴能和时速六十公里的越野车在海拔四千米的荒漠上跑十几公里。藏野驴平时活动很有规律,移动时喜欢排成一列纵队,清晨到水源处饮水,白天在草场上采食、休息,傍晚回到山地深处过夜。藏野驴经常沿着固定路线行走,在草地上留下宽约二十厘米的"驴径"。这样的路,纵横交错地伸向各处。

#・黄河源头纪念碑・白天。

立于景色秀丽的措哇尕泽山顶之上的黄河源头纪念碑。

字幕:位于鄂陵湖与扎陵湖之间的黄河源头纪念碑

站在牛头碑旁举目远眺,扎陵湖、鄂陵湖尽收眼底,湖光山色,浑然一体,令人心旷神怡。

【画外音】

　　黄河是中华民族的摇篮,黄河流域是中国灿烂的古代文化发祥地。位于黄河源头的鄂陵湖,是松赞干布迎娶文成公主入藏和亲的圣地,曾经的唐蕃古道,是唐朝与吐蕃之间频繁的政治、宗教、经济、军事和文化交流的陆上通道,同时也是古代中国通向西亚的路径。

　　#·鄂陵湖。
　　湖水碧蓝的鄂陵湖。

【画外音】

　　位于巴颜喀拉山北麓的扎陵湖和鄂陵湖,是黄河上游两座最大的湖泊,被称作中国的"水塔"。夏季这里湖水碧蓝,生长着花斑裸鲤、骨唇黄河鱼等八种国家重点保护鱼类。

　　#·湖水里游动的鱼类。

　　图登华旦:我曾在 20 世纪 80 年代的果洛刊物《白唇鹿》上见到一张图片,一个小伙子从鄂陵湖里捕了一条和他差不多长的鱼;夏季你往湖边一站,鱼群就拥了过来;你蹲在湖边,手往水里一伸,五个手指都会被鱼咬上。
　　一对白尾海雕在湖面上飞翔。
　　字幕:国家一级保护动物(鸟类):白尾海雕

白尾海雕
摄影：图登华旦

【画外音】

　　栖息在湖泊附近沼泽地带的白尾海雕，是大型猛禽，一般体长在九十厘米左右。三江源地区的白尾海雕通常筑巢于悬崖岩石上，孵化期为三十五至四十五天。雏鸟孵出后由雌雄鸟共同喂养，经过约七十天的巢期生活，雏鸟即具有飞翔能力，可以离巢了。

【切入】

图登华旦关于《白尾海雕》的获奖作品。

【画外音】

白尾海雕白天单独或成对在大的湖面上滑翔搜寻猎物,主要以鱼为食,常在水面低空飞行,发现鱼后用爪伸入水中抓捕。有些也捕食野鸭、大雁、天鹅、雉鸡等鸟类或鼠类、野兔等中小型哺乳动物。

\#·唐古拉山脉·白天。

白尾海雕飞过唐古拉山脉。

飞雪中高原草甸食草的藏羚羊。

字幕:国家一级保护动物:藏羚羊

【画外音】

藏羚羊是牛科动物,其祖先可以向上追溯到晚中新世。藏羚羊为青藏高原地方性物种起源提供了一个有趣的例子。三江源地区是藏羚羊的主要栖息地之一,由于栖息在高寒荒漠地带,藏羚羊身上呈淡黄褐色的绒毛非常厚密。藏羚羊的雌性没有角,成年的雄性藏羚羊一般有六十公斤,四尺多长,长一对两尺多长像鞭一样细长的黑色长角。雄性藏羚羊乌黑发亮的羊角上有二十多个明显的横棱,非常漂亮。当狼之类的猛兽突然逼近的时候,藏羚羊群体并不四散奔逃,而是聚在一起,低着头,以长角作为武器与狼对峙。藏羚

藏羚羊
摄影:图登华旦

羊的每个鼻孔内,有一个用来帮助它们在空气稀薄的高原上进行呼吸的小囊,所以藏羚羊特别善于奔跑,能在空气稀薄的高原上奔跑,最高时速可达八十千米。

【切入】

图登华旦"藏羚羊专题"获奖作品。

图登华旦:现在下雪不害怕,12 月下雪真害怕,雪灾,大批的牲畜会因此死亡;下大雪的时候,那些食草的野生动物,比如藏羚羊,它并不是太怕冷,而是会因为吃不上草被饿死;而对那些食肉动物,比如狼、猞猁、雪豹,有雪灾时倒是最好的季节,因为它们不怎么费力就能吃到饿死的动物。

图登华旦摇摇头说:没办法,这就是丛林法则。

#·飞雪中移动的藏羚羊群。

【画外音】

在青藏高原恶劣的自然环境中,为寻找满意的食物、抵挡酷寒,藏羚羊养成了集群迁徙的习性。成年雌性藏

猞猁
摄影:图登华旦

羚羊和它们的雌性后代每年要从冬季交配地千里迢迢地走到可可西里生育后代。年轻雄性藏羚羊会离开群落,同其他年轻或成年雄性藏羚羊聚在一起,直至最终形成一个混合的群落。大群的藏羚羊为瘠薄的高原土壤提供了有机肥料,它们对牧草的适度践踏又起到分蘖作用,使牧草长势旺盛。它们产崽后遗留下来的大批胎盘及老弱病残者,又为狼、秃鹫等许多肉食动物提供了食物,因此藏羚羊在青藏高原的生态系统和食物链中起着举足轻重的作用。

图登华旦:如果说雪豹是高原的幽灵,那么藏羚羊就是高原的精灵。虽然像雪豹一样喜欢早晚觅食,但藏羚羊却喜欢群居。在可可西里,我见到几千只的藏羚羊群,在傍晚的霞光中,它们在以雪山为背景的荒漠里出现,那场面真是壮观。

#·巴颜喀拉山山脉·白天。

白尾海雕,或胡兀鹫飞过高原。

高原下食草的野牦牛。

字幕:国家一级保护动物:野牦牛

【画外音】

野牦牛属偶蹄目牛科,为高原冰期遗留动物。研究者们曾在羌塘高原发现上千幅野牦牛形象的生动岩画,这些岩画的创作日期最早可追溯到三千年前。

野牦牛
摄影：图登华旦

　　成年的野牦牛体重在一千公斤以上，全身毛色通黑，颈下与腹部两侧生长着六十多厘米长的垂毛，这垂毛是它伏卧冰雪时的褥垫。野牦牛的牙齿质地坚硬，鼻镜小，嘴唇薄，舌头上长满角质的倒钩，用来取食低矮的草和苔藓，为其巨大的身躯供给养分。当食物不足时，它们还必须长途跋涉，寻找高质量和充足的草料，途中甚至需要吃雪来补充水分。

　　图登华旦：有人亲眼见到十三头母野牛一律头朝外围成圆圈，保护圈内一群小牛，对抗圈外的四头恶狼。

#·长江源头纪念碑·白天。

白尾海雕,或胡兀鹫飞过长江源区。

字幕:长江源头纪念碑

长江源区内食草的野牦牛。

【画外音】

野牦牛的胸部发育良好,粗短的气管令其呼吸频率加快,以适应海拔高、气压低、含氧量少的高山草原。野牦牛通常在草原上游荡、觅食。为了保护牛犊,它们有时也会有二百至三百头结成宏大的群体。野牦牛的嗅觉十分敏锐,有危险时,雄兽必首先发动、组织群落御敌,护卫群体,将幼崽安置在群体中间。野牦牛雌、雄均有长度通常为四十至五十厘米的角,但成群的野牦牛一般不主动进攻人,而性情凶狠暴戾的孤牛则恰恰相反,常会主动攻击从它面前经过的各种对象,有时能将行驶中的吉普车顶翻。受到伤害的野牦牛不论雌雄,都会拼命攻击敌人,直到自身力竭死亡。

【切入】

图登华旦"野牦牛专题"获奖作品。

【画外音】

野牦牛在三岁时性成熟,雄牦牛发情期为每年的 9 月至 11 月,此时,雄兽变得异常凶猛,经常发出求偶叫声,争偶现象十分激烈。胜者率领数只到二十多只雌牛一起活动,败者往往尾随群体伺机交配,或离开群体另觅新欢。雌兽的怀孕期为八至九个月,翌年的 6 月至 7 月产下一崽,野牦牛的寿命在二十三至二十五年。

有些斗败的雄牦牛会闯入游牧民的家牦牛群中。野牦牛与家牦牛交配后,其第一代杂种性情凶猛暴烈、野性难驯,第二代杂种体重比野牦牛重百分之四十二,这对维护三江源地区家牦牛的体格,承续牦牛耐寒好喂养等优良品性具有非常重要的意义。

#・澜沧江源头纪念碑・白天。

字幕:澜沧江源头纪念碑

白尾海雕,或胡兀鹫飞过澜沧江源区。

【画外音】

在三江源地区,连绵的群山阻挡了来自印度洋的暖湿气流。在寒冷的荒漠与营养低下、质地粗糙的冻土上,生长着匍匐的针茅和蒿草,就在如此恶劣的环境中,却生长着数量众多的雪豹、藏羚羊、野牦牛、藏野驴、白唇鹿、马麝、盘羊、金钱豹、藏狐、藏原羚、马鹿、棕熊等野生动物。这些动物多为青藏高原特有,且这些种群数量大的野生动物,正在青藏高原上上演着一场经久不息的生命狂欢。野生动物是自然界生存着的最为复杂的生态系统之一。

【切入】

图登华旦在"澜沧江・湄公河"西双版纳国际摄影展获奖作品。

图登华旦:某一种植物消失了,以这种植物为食的昆虫就会消失。某种昆虫消失了,捕食这种昆虫的鸟类将会饿死;鸟类的死亡又会对其他动物产生影响。

我们为什么会选择野生动物摄影? 这不仅是因为我们把野生动物当作摄影题材,以此来获得精美的影像作品,更重要的是用来探究野生动物世界的奥秘。我们摄影人热爱大自然,我们有责任保护大自然中人类最好的朋友——野生动物,让野生动物能够与人类和谐共处,平等地生存在我们这充满生机的星球上,野生动物的存在,对我们人类的未来,意义重大。

#·三江源纪念碑·白天。

白尾海雕,或胡兀鹫飞过三江源纪念碑的上空。

字幕:三江源纪念碑

【画外音】

在地球"第三极"青藏高原的中部,三江源地区被雄伟的山脉环抱,境内可可西里山及唐古拉山脉横贯其间,平均海拔三千五百至四千八百米。高大山脉的雪线上,冰川广聚、河流密布,湖泊沼泽众多。三江源地区是世界上海拔最高、面积最大、湿地类型最丰富的地区。其地下水资源蕴藏量大,因而它是我国乃至亚洲的重要水源地,素有亚洲"水塔"之誉。

#·从空中看到的三江源地区。

三江源纪念碑

随后是青藏高原；

随后是中国版图；

随后是世界版图；

随后是地球；

随后是飘浮在空中的地球。

【画外音】

三江源地区看似与我们相距甚远的野生动物，却与人类的生活息息相关：它们不仅是藏文化的一部分，更是多样的基因、病毒和细菌库，对人类进行炭疽、破伤风和结核病等人畜共患病的研究具有深远意义。在人类现有的发展史中,我们已经成为三江源的一个组成部分。

　　仅仅是自然和生命本身,就足以成为我们保护野生动物的理由。我们要视三江源境内的冰川雪山、草原草甸、森林灌丛、河流湿地、野生动物为一个完整的生态系统,它与我们人类构成了完整的生命共同体,我们一损俱损、一荣俱荣。

后记

　　2004 年 3 月，我受中国电视剧制作中心导演谢晓嵋和楚雄市文化局之邀，为创作电视剧《与陌生人同行》第一次进入横断山脉"三江并流"地区。在随后的二十年间，我又多次来到青藏高原，进入广袤的三江源地区。云南的德钦、四川的阿坝、青海的果洛等这些青藏高原的边缘地带，处处隐藏着鲜为人知的事物。对于一个中国人来说，如果对占有我国陆地总面积近四分之一的青藏高原缺少了解，那么我们人生的视野是不完整的，或者说，我们的精神世界是有缺憾的。

　　为什么一定要去青藏高原呢？在人生的旅途中，有时候我们走着走着就偏离了方向，而对这种偏离我们又茫然无知。对青藏高原的了解，就是为了更全面地认知我们所生存的世界，认知生命的本体，并以此来校正我们前进的方向。

　　收入集子中的这些作品，是我以青藏高原为背景对人生与社会的感悟，这些文字关涉青藏高原上的山脉河流、雪原冰川、飞禽走兽,关涉青藏高原上的历史、民族与文化,同时也关涉我对文学创作的体悟和思索。

就像人类对宇宙认知的局限一样,我们无法用文字穷尽青藏高原这个神秘而深厚的世界,但真心地讲,我想通过这些文字,把自己变成高原上的一粒沙石,或者一棵野草,或者高原上的一只走兽,或者一只飞鸟。

一棵野草、一只飞鸟对世界会有什么用呢?我是想通过一棵野草来感受生命的过程,通过一只飞鸟来感受精神的飞翔,这是无为而为,是自然而然——这是一个只有抵达青藏高原之后才能抵达的世界。

2024 年 4 月 17 日